「ああ、ヒルネの布団に入るとすぐ眠くなるのよね。本当に……不思議だわ……」
「そうなんです。ふああっ……おやすみなさい……」
（ジャンヌもホリーもいい子だね……。ジャンヌの悩みが解決すればいいな……女神さま……どうかこの健気なメイドさんが機敏に動けるように……見守ってください……）

『次の人生ではもっと素敵な
日常を送れるように――』
女神
ソフィア
メフィスト星教の信仰対象。
前世のヒルネの境遇に同情し、
異世界に転生させる。
「私はヒルネさま付きの
メイドなんですから
気を使わなくって
いいんですよ？」
ジャンヌ
ヒルネのお世話をするメイド。
いつも自由気ままなヒルネに
振り回されている。
「美味しいものを
たくさん食べて、
ふかふかの布団で寝る。
それが今一番したいことです」
ヒルネ
花《はな》巻《まき》比《ひ》留《る》音《ね》
ブラック企業に勤めるOLだったが、
女神ソフィアの加護により異世界に転生。
聖女の才能を持ち万能の聖魔法を駆使する。
お昼寝が好き。

ワンダ
「ヒルネ。
動いてはいけませんよ。
祈りに集中しなさい」
元聖女で
ヒルネ達の教育係。
指導は厳しいが、
聖女見習いからは
尊敬されている。
「ふむ……
おまえの人生には
数奇な運命が
働いているな」
ゼキュートス
メフィスト星教の大司教。
道に倒れていたヒルネを助け、
彼女の後見人を務める。
「あなた――
すごい美人なのに
変な子ね？」
ホリー
聖女見習いの少女。
生真面目な性格。
ヒルネの良きライバルとして
一緒に聖女になることを
目指している。

Illustration
キダニエル

Design
アオキテツヤ
(musicagographics)

プロローグ

彼女はふらふらと夜道を歩いていた。

(……疲れた……眠い……)

理不尽なクライアントに怒鳴るばかりの上司。

先輩、後輩も疲れ切っており、仕事に意義を見出《みいだ》すような空気はなく、ただ目の前のことに忙殺され、自分自身を摩耗させていた。

月の残業は百五十時間を突破したところだ。

「……ふあぁ……っ」

口から出るのはあくびだけ。

花巻比留音《はなまきひるね》の人生は一言で言えば〝疲労〟であった。

信号が点滅して赤に変わる。

(——癒やしが——癒やしがほしいよ)

お日さまの匂いがする布団《ふとん》で昼寝がしたかった。

動物を飼って癒やされてみたかった。

観光地で温泉に浸《つ》かって無為に時間を使ってみたかった。

南の島でハンモックに揺られて何も考えずにぼーっとしてみたかった。

寝ていれば勝手にうまい飯が出てきてほしかった。

だらだらと映画を観ながらポテチを食べたかった。

可愛《かわい》い女の子とくすぐりあって、日向《ひなた》ぼっこをしたかった。

一軒家の縁側で緑茶を飲みながらおじいさんおばあさんの昔話を聞いてみたかった。

あてのないウィンドウショッピングをしてみたかった。

見晴らしのいい丘で、ただ風を感じてみたかった。

そして何より……平和で素敵な、自由な日常を送りたかった。

（……お母さん、疲れたよ）

終電帰りの交差点。

いつもより景色がどんより見える。

女手ひとつで育ててくれた母の体調が悪くなり、他界した頃から、精神疲労はピークを迎えたように思う。治療費を稼ぐ、という目的があったからこそブラック企業の仕打ちにも耐えてこられた。目的を失ってから、自分が何のために生きているのかわからなくなった。

（ダメだ……ここで……寝ちゃおう……）

比留音は地面に倒れて、目を閉じた。

「癒やしが……ほしいなぁ……」

つぶやきは夜空に消えていった。

○

ふわふわと彷徨《さまよ》っているような、それでいてどこかに引き寄せられている感覚を全身に感じた。

視界がない。自分がどこにいるのか判断がつかない。

でも、不思議と怖くない。

久々にのんびりした気分だ。よくわからない状況でもほんわかした気持ちになってくる。私って働きすぎだったんだなと、比留音は他人事《ひとごと》のように感じた。

『日々の人生、お疲れさまでした』

ハープの調べのような、美しい声が響いた。

光が差し込み、目を開けると、金色の髪を足先まで伸ばした美人が笑みを浮かべていた。

「……どちらさまでしょう？」

頭上には宝石輝くティアラをつけ、純白のトーガをまとい、女神だと言われても信じてしまう慈愛に満ちた表情をしている。瞳は吸い込まれそうなブルーだ。

『女神ソフィアです。あなたの人生をずっと見守っていましたよ、比留音』

「女神……さま？　私の人生を？」

『困難の多い人生でしたね』

女神ソフィアの表情が憂いを帯びた微笑に変わる。

すると、何もない空間に映像が浮かび上がった。

比留音の人生がコマ送りで映し出される。

『お母さまの離婚、裕福でない暮らし、うまくいかない人間関係……あなたは寂しさを抱えて生きる子どもでした』

ランドセル姿の比留音が一人でとぼとぼ帰る映像が映し出され、次にセーラー服の比留音が同級生と口論する光景に切り替わる。さらに映像は街中へ飛ぶ。ショーウィンドウに展示された最新の洋服を見る比留音が、寂しそうに肩を落とした。

『高校生になってからは家計を助けるために毎日アルバイトをして……お母さまと一緒にお金を貯《た》め、勉強をし、有名大学に合格――。その際は私も嬉《うれ》しく思いました。頑張りましたね』

カフェのチェーン店で働く高校生の比留音。

貯金通帳を母と覗《のぞ》き込《こ》んで、二人でハイタッチをする。

合格通知が届いているのを母と喜び、抱き合っている二人の映像は微笑《ほほえ》ましかった。

『その後、すぐにお母さまのご病気が発覚して……あなたは退学して働き詰めになりました』

「……」

よれたスーツ、かかとの削れたパンプスで駆け回る自分の姿を見て、ああ、服を買う余裕もなかったな、と思い出した。やっと客観的に自分を見られたと言ってもいいのかもしれない。

『あなたは二十二年間、どんな困難にも前向きでした。小さな喜びを見つけて幸せになれる素敵な女の子でした。人のために自分を犠牲にしてしまうお人好《ひとよ》しさんでした……。あなたの純粋な魂は、地球には適さなかったのかもしれませんね』

女神ソフィアが比留音の頭へそっと手を伸ばし、大切なものを確かめるように、優しく撫《な》でてくれた。

(そっか……私……死んじゃったのか……)

女神の口ぶりからすべてを察し、比留音は目を閉じた。

思えば疲れてばかりの人生だった。

いつも何かに追われていたように思う。

『もう大丈夫です。あなたの魂はあるべき姿になりますよ……』

比留音の悲しげな顔を見て、女神ソフィアが微笑を浮かべて手を動かす。

伸ばしっぱなしの自分の黒髪がさらさらと動き、比留音は目頭が熱くなった。

「……あったかい……です……」

女神ソフィアは何度も何度も手を往復させる。

我が子のように愛おしんでくれる。

比留音は自分の人生を肯定してもらえた喜びに、涙が止まらなかった。

『次の人生ではもっと素敵な日常を送れるように――』

女神ソフィアが比留音の額に口づけを落とすと、全身が光り輝いた。

『私の加護を授けましょう』

「……ありがとうございます。あの、私、やり直せるんですか……?」

『ええ、もちろんです』

「……嬉しいです……女神さま……本当にありがとうございます」

金色の髪を揺らし、女神が一つうなずいた。

『さあ、自分の新しい姿を見てください』

「新しい……？　これは……私、ですか……？」

空中に現れた鏡には、プラチナブロンドのストレートヘアをした、碧眼《へきがん》の少女がいた。

年齢は八歳ぐらいだろうか。

泣いていたのか、涙のあとが頬に残っている。

『日本人のあなたも好きでしたが、私の加護を授けたため……私と近い容姿になりました。加護を受け取れるよう、年齢も下げさせていただきました。比留音、大丈夫ですか？　元の姿に戻すこともできますが……』

「とっても可愛いです……それに……女神さまに包まれてるみたいで……安心します……」

『うふふ……よかったわ』

女神ソフィアは嬉しそうに比留音を抱きしめた。

美しい親子が抱き合っているようであった。

『記憶もそのままにしておきますね。困ったときはいつでも私の名前を呼んで、祈りを捧《ささ》げてください……いつでもあなたを見守っていますよ……』

「女神さま……」

『もう時間のようです。あら……次の人生ではあなたはずいぶんマイペースな性格のようですね……ふふっ』

未来を見たのだろうか。女神ソフィアが小さく笑った。

『この姿が本来のあなただったのね』

女神がそっと離れ、さらりと比留音の髪を撫でた。周囲の空気がキラキラと輝いて星屑《ほしくず》が舞った。聖句を唱えれば、星屑が比留音を祝福するみたいに躍り、光が大きくなっていく。

比留音は眠気でまぶたが重くなってきた。

気持ちがよかった。

『忘れないで……向こうの世界でもあなたはヒルネです……あなたは本当のあなた自身になるのですよ……』

「そ……なん……ですね……？」

『……ヒルネ……素敵な人生を――』

女神が最後に微笑むと、彼女たちのいた空間がゆっくりと白んでいき、やがて消えた。

1.

目を開けると、灰色の天井が見えた。

「……」
長い夢を見ていたような気がする。
これほどぐっすり寝たのはいつぶりだろうか。
「あっ。会社！　遅刻⁉」
飛び起きて、ベッドに置かれている目覚まし時計を探す。しかし、見つからない。
布団をめくりあげ、ベッドの下も探してみた。
（……あれ？）
ふと違和感を覚えた。
穴の空いた薄い掛け布団なんて自分の部屋にあっただろうか。
ベッドの敷布団もぺらぺらだ。麻っぽい素材だった。
ベッド自体もかなり古くて傷んでいる。
（えーっと……？）
きょろきょろと周囲を見回すと、石造りの部屋であることがわかった。
差し込んでいる朝日が古めかしいガラス窓を通り、淡い光に変化している。
金色の物がちらちらと目に入ってきて、何回かまばたきをしてみた。
（うそ……金髪？）
視線を下げて髪を持ち上げると、プラチナブロンドが視界に飛び込んできた。
しばらく自問自答すると、女神ソフィアの存在を思い出した。

（あ、そうか……私、女神さまとお話をして……新しい人生を……）

自分のプラチナブロンドをちょんとつまみ、光にかざしてみる。

艶があるのか、朝日に反射して綺麗《きれい》だった。

窓ガラスで自分の姿を確認すると、確かに不思議な空間で変化した、女神に似た少女になっている。精巧なドールみたいに整った顔立ちだ。青い瞳は自分で見ていても吸い込まれそうであった。

「もう会社に行かなくていいのか……」

不思議な気持ちだった。

あれだけ何かに追い立てられていた焦燥感がすっかり消えている。

心が凪《なぎ》のように穏やかだった。

（本当の自分になったんだね……。うまく言えないけど、全部がしっくりきている感じがする。心と身体《からだ》が、かっちりはまってる感覚？　世界が全然違って見える……）

妙な心地よさが全身を包んでいた。

そして、なぜだかぼーっとしてしまう。

窓ガラスの外を見ると、修道女らしき服を着た少女たちが仕事をしているのか、動き回っていた。

（前世で忙しかったから、のんびりな性格になったのかな？　なんか、世界がキラキラしてる？）

うんうんとうなずいて、しばらくぼんやりと窓の外を眺めた。

そして、どうしてここに自分がいるのか、記憶をたどってみる。

（……街道で倒れていた私を、教会の大司教、ゼーなんとかさんが助けてくれたのか。それでこの

教会？に連れてきてくれたと。そういうこと……。たぶん、女神さまが困らないようにはからってくれたんだね）

そういえば、大司教が色々話してくれたな、と比留音は思い出した。

（……私に聖女の素質がどうのこうのって……言ってたっけ？）

そこまで思い出したところで、部屋のドアがノックされ「起きているか？」と声が聞こえた。

振り返ると、ちょうどドアが開き、純白の衣を着た長身の男が入ってきた。

司教の服に、聖職者用のカラー、肩衣《かたぎぬ》、ファンタジーっぽい大きな宝石付きの十字架が胸にある。年齢は四十代後半に見えた。

（大司教さん……）

聖職者にしては深いしわが眉間に刻まれており、そのしわが額の中ほどまで上がっている。

顔つきは怖そうであるが、彼のまとう空気は静かであった。

「起きているようだな」

「はい……おはようございます」

「うむ、おはよう。気分はどうだ？　優れないようならまだ寝ていなさい」

低いバリトンボイスが響いた。

心配してくれているようだ。

「大丈夫です。あの、昨日は助けてくださって、ありがとうございます」

「これも女神ソフィアのお導きだ――」

彼は複雑な印を胸の前で結ぶ。

「ヒルネ、と言ったな？　街道に倒れているおまえを見つけたのが私でよかった。教会の人間でなければ今頃どこかに売り飛ばされていただろう」

「それは……本当にありがとうございます」

「名前以外は記憶がないと昨日は言っていたな。どうだ、何か思い出したか？」

「いえ……」

（そういえば、助けてもらったとき記憶がないんですって言った気がする。日本から転生してきたって言うのもアレだし……記憶喪失の設定でいこう。私は記憶喪失のヒルネだ）

一人で納得し、比留音あらため、ヒルネは目を閉じた。

「ふむ……おまえの人生には数奇な運命が働いているな」

「そうでしょうか？」

「聖女の素質があると言ったのは覚えているか？」

「あまり覚えていません。あの、大司教さまのお名前も……」

「私はメフィスト星教、大司教ゼキュートスだ。覚えておきなさい」

「わかりました」

（ゼキュートスさんね。命の恩人だし、覚えておこう）

ヒルネは彼の特徴的な眉間のしわを見て、うなずいた。

「記憶がないならば、行くあてもないのだろう？」

「そうですね」

「幸いにもヒルネ、おまえには聖女の素質が見える。聖女見習いとしてここに住みなさい。世界は聖女の力がなければ成り立たない。一人きりでさまようより、三食の食事も出て寝床もあるここのほうが、子どものおまえにはいい環境だろう」

大司教ゼキュートスは心からヒルネを思って言っているようであった。

ヒルネには何となく彼の気持ちが理解できた。

そして何より、三食寝床付き、という言葉に惹《ひ》かれた。

前世ではとにかく忙しかった。

朝五時に起きて、終電で帰ってくる日々だった。徹夜残業もザラだ。

聖女は祈ったりしてれば仕事が終わりそう……楽そうだな、と安直に思う。

「わかりました。そうさせていただきます」

「よろしい。では、私がヒルネの後見人となろう」

大司教ゼキュートスはまた複雑な印を結ぶと、ヒルネの頭上で手を振った。

小さな星屑が舞って、空気中へ霧散していく。

(わあ、綺麗……)

「これで成約は完了だ。何か質問はあるか?」

「……ふあぁっ……あふっ……特に質問は思いつきません」

ヒルネは急に眠くなってきて、大きなあくびをした。

ゼキュートスが眠そうなヒルネを見て、何度か目を瞬《まばた》かせた。だいたいの子どもはゼキュートスを見ると怖がるか緊張するのだが、どうもヒルネだけは違うらしい。その反応が新鮮なようだった。

「……そうか。では明日から身の回りの世話をするメイドを一人つける。仲良くしなさい。いいね」

「わかりました」

(お布団に入りたいな)

ヒルネはにこりと笑い、ごく自然な動きでベッドに近づき、布団に潜り込んだ。

「何をしている……?」

「眠いので寝ようかと」

「……そうか。いいだろう」

ゼキュートスがヒルネの自由すぎる行動に驚きつつも、表情には出さずうなずいた。

彼は国内でも発言力の強い、メフィスト星教の大司教だ。下手な貴族より知名度が高く、敬われる存在である。そんな人物の前で寝ようとするヒルネが失礼に見えるも、彼女が呼吸をするかのように布団に滑り込んだので、叱る気分にはなれない。

むしろ、独特な空気を持っている子だと、感心した。

こうしてわざわざ自らの足で様子を見に来ているのも、その証拠であった。

「お腹《なか》が空いたら食堂に行きなさい。私が手配しておこう」

「何から何までありがとうございます」

布団の中で礼を言うヒルネ。

「明日から聖女見習いの修行が始まる。ゆっくり休むといい」

「修行ですか……」

「ああ。聖女の聖魔法はすぐには使えない。修行して一人前になるのだ」

（……修行、大変そう。でも、三食寝床付きだもんね……のんびりやればいいか）

ヒルネは眠そうな顔をして、布団を上げた。

（あれ……私、いま、のんびりって思った？　前の自分だったらそんなこと思わなかったのに……）

ゼキュートスは考えているヒルネを見て、口を開いた。

「私は本教会にいる。困ったことがあればいつでも連絡しなさい」

「わかりました」

真面目に言うゼキュートスにうなずいてみせる。

彼はヒルネの顔を今一度見ると、踵《きびす》を返してドアへ向かった。

「あの、ゼキュートスさま」

「なんだ？」

呼び止められ、ゼキュートスが足を止めて振り返った。

「世界は……キラキラ輝いてますね。先ほどの星屑みたいに……」

（時間がゆっくり流れてるのかな……？）

ヒルネが思ったままを言った。

大きな碧眼につい引き込まれそうになり、ゼキュートスは目を見開いた。

何か、自分には見えないものをこの子は見ているのかもしれない。そう思い、ドアのそばから部屋の中へ戻ってベッドの脇に立った。

「そうだな……」

控えめにうなずいて、ゼキュートスはそっとヒルネの頭を撫でた。

細いプラチナブロンドの髪は柔らかかった。

「寝なさい……眠いのだろう?」

「はぁい……」

数秒して薄い寝息が聞こえてきた。

ゼキュートスはヒルネの布団をかけ直し、聖印をゆっくり切ると、部屋を出ていった。

2.

――翌朝。

丸一日眠っていたヒルネは身体を起こし、大きく伸びをした。

「うーん……」

（寝すぎて身体バキバキだよ。嬉しい悩みだね）

自分の両手を見下ろして、閉じて開いてみる。

少女らしい細い手だ。前の自分よりずいぶん色白だった。

金髪碧眼に整った容姿。

慣れるまで少し時間はかかるかもしれないが、女神からもらった身体なので文句などまったくない。

「むしろ美少女すぎて中身が追いつかないっていう……ん？」

ベッドの横に、一人の少女が立っていた。

年齢は八、九歳くらいだろうか。

黒髪をポニーテールに結び、メイド服を着ている。顔が小さく、鼻と口も小ぶりだが、バランスよく並んでいるため小動物みたいな可愛らしさがあった。日本だったらアイドルグループのセンターになりそうな愛らしさだ。

彼女はヒルネが顔を向けるとびっくりしたのか、一歩飛《と》び退《の》いた。

「……！」

「おはようございます。とっても可愛いメイドさんですね。私の名前はヒルネです」

「あ……あの……私はジャンヌです……」

「ジャンヌさん……。ゼキュートスさまにお願いされてここに？」

メイド姿のジャンヌがこくこくとうなずいた。

ポニーテールが合わせて揺れる。

ヒルネはブルーの瞳を見開き、じっと彼女を観察してみる。

（可愛い子……あと優しそう……これはゼキュートスさん、いい仕事したね）

顎に手を当て、ほうほうと唸《うな》るヒルネ。

どこのお偉いさんだと言いたくなる評価を下し、彼女はおもむろにうなずいた。

見つめられているジャンヌは居心地が悪くてたまらない。先ほどまで勝手にヒルネの寝顔を見つめていた手前、申し訳ない気持ちでいっぱいだった。部屋に入ってから、こんなに美しい少女がいるのかと放心していたのだ。

「……あの……そんなに見られると……」

「そっか。ごめんなさい。まだこの身体……こほん、この場所に慣れていなくて」

（なんというか――思ったまま、正直に行動しちゃうんだよね）

前世との違いに戸惑いながらもヒルネは気を取り直して、姿勢を正した。

お世話になるジャンヌに笑いかけた。

「これからよろしくお願いしますね、ジャンヌさん」

「あ……はい、よろしくお願いします……」

ジャンヌが恥ずかしげに視線を下げ、手で髪を何度も撫でつける。

どんな聖女見習いの担当になるかと緊張していたが、杞憂《きゆう》に終わってほっとした。高慢な聖女見習いも多いと聞く。少なくともヒルネは優しそうであった。それに、物語の女神さまみたいに美し

かった。

「私が記憶喪失……記憶がないってゼキュートスさまから聞いてますか？」

「はい、聞いております」

「これからジャンヌさんに色々と質問すると思うので、迷惑をかけるかもしれません。先に謝っておきますね。ごめんなさい」

「い、いえ！　いいんですよ。何でも聞いてください。お役に立てると嬉しいでふ。あ……嬉しい、です……」

「ふふっ」

焦って噛《か》んだジャンヌを見て、ヒルネがくすりと笑った。

ジャンヌの顔が赤くなっていく。

ヒルネはちょっと申し訳なく思って、彼女の手を取ってベッドの脇に引っ張った。

「笑ってごめんなさい。こっちに座ってお話をしましょう？」

「え？　あの……」

「いいから、ね？」

「……はい」

二人はベッドに並んで腰掛けた。

「まずはこの世界のことについて聞きたいんだけど――」

前世と違い、ヒルネはこれからの人生に心が躍っていた。

まだ見ぬ世界がどうなっているのか、ゼキュートスが唱えた魔法のような聖句がなんなのか、美味《おい》しいご飯はあるのか、ふかふかの布団があるのか、温泉はあるのか、ファンタジー小説に出てくる冒険者はいるのかなど、妄想は尽きない。

ニコニコと笑って質問をしようとしたところで、ぐう、とヒルネのお腹が鳴った。

「あっ。昨日から何も食べてないんだった」

さらに、ぐうぅっ、ぐううぅぅっ、とお腹が鳴る。

ジャンヌが目をぱちくりさせた。

ヒルネは自分のお腹をさすって、ジャンヌを見た。

「おかしいですね？　誰かお腹に住んでいるのでしょうか？」

とぼけたことを言うヒルネを見て、ジャンヌが笑いをこらえるように口の端を引き締めた。

「ジャンヌさん、ちょっと私のお腹を押してみて？」

「え？　えっと……」

「ほら、押して押して」

「はい……」

恐る恐る手を伸ばし、ジャンヌがヒルネの平たいお腹を押した。

ぐううぅぅっ、と特大の音でお腹が鳴った。

「これは……ご飯を食べないと大変ですね？」

「ふふっ……ふふふっ……そうですね」

ヒルネとジャンヌは顔を見合わせて、二人でくすくすと笑い合った。

○

食堂で質素な朝食を食べ、二人は自室に戻ってきた。

パンと野菜スープというメニューだった。

（……あまり美味しくなかった。これは問題だね）

ヒルネはジャンヌに髪を整えてもらいながら、ぼんやりと考える。

「ねえジャンヌさん」

「はい、なんでしょう？」

ヒルネの金髪が綺麗なので、神経を使って梳《と》かしていたジャンヌが、ワンテンポ遅れて顔を上げた。

「聖女見習いはアルバイト……どこかで働いてはいけないのでしょうか？　週一回くらいの感じで」

「え？　えーっと……たぶんダメだと思います。聖女さまは金銭のやり取りをしてはいけないと聞きました」

「となると、買い食いはできませんね」

「買い食い、ですか？」

「そうです」

ヒルネの表情は真剣だ。

「美味しいものをたくさん食べて、ふかふかの布団で寝る。それが今一番したいことです」

「……そうなんですね？」

「しばらくはあきらめるほかなさそうですね」

ヒルネが黙り込んだので、ジャンヌは作業に戻った。

髪を整え終わると、次はぬるま湯で身体を清める。

これもすべてジャンヌがやってくれるので、ヒルネは立っているだけだ。

（人にやってもらうって極楽だね。女神さま、ゼキュートスさん、ジャンヌさんに感謝しないと……）

ヒルネは心の中で祈りを捧げる。

拭いてもらいながら、ジャンヌから世界についてのあれこれを聞いた。

ジャンヌも緊張がほぐれてきたのか、先ほどのたどたどしさは消えている。優秀な子なのであろう。

まずこの世界はエヴァーソフィアと呼ばれている。

今いる場所は、カンバス王国の王都、聖女見習いが集まるメフィスト星教の西教会だ。

建物が古いのは、修繕費を人件費に回しているからだろうとヒルネは予想する。

聞けば、メイド見習いたちはここで修行をして、各地へ散っていくのだそうだ。

「このまま聖女付きになるメイドもいれば、貴族や王族に雇われるメイドもいます。私のように身寄りがないメイドもたくさんいますよ」

「そうなのね。ジャンヌはどんなメイドになりたいの？」

「私は……まだわかりません」

「自分のやりたいことが見つかるといいですね」

ヒルネが笑いかけると、ジャンヌがこくこくとうなずいた。

しばらくして、ジャンヌの作業が終わった。

濡《ぬ》れた布をたらいに戻し、乾いた布でヒルネの身体を手早く拭いていく。

それが終わると、ヒルネは聖女見習いの服に着替える。こちらも食事と同じく簡素なもので、紺色のワンピースに金の刺繍《ししゅう》が一筋入っているだけだ。

「ありがとうございました。楽ちんで極楽でした」

「は、はい」

ヒルネが一礼すると、ジャンヌもあわてて一礼した。

「どうでしょう？　似合っていますか？」

くるりと一回転すると、ジャンヌが勢いよくうなずいた。

「はい。とっても似合っています。素敵です」

「ふふっ、それはよかったです」

ヒルネは黙っていれば世界を憂いている聖女見習いにしか見えない。

（ふかふかの布団は早々に入手したいな。あと、昼寝の時間はあるのかな？）

心の声が漏れない世界でよかった。

「それで、これから私はどうすればいいのでしょう？」

「はい」

ジャンヌが背筋を伸ばした。

「まずは教会で一時間祈りを捧げます。その後、神具を清めていただき、司祭さまから聖句を賜ります。次に聖魔法の呪文詠唱を一ページ四十行暗記し、魔力を高めるため座禅を組みます。そちらが終わりましたら教会前で民への施しを行います。昼食後、聖句を唱えながら街を巡回いたします……本日は東のマデラ地区です。教会に戻られましたら——」

「待って。ちょっと待ってください」

「どうされました？」

きょとんとした顔のジャンヌ。

ヒルネは背筋に冷たいものが走った。

（ちょっと待ってくださいな……めちゃくちゃハードスケジュールじゃない⁉）

「ひょっとしてひょっとすると……聖女見習いってすごく忙しい……？」

「はい！　皆さま、世界平和を願って一生懸命です！」

ジャンヌが尊敬のまなざしをヒルネに向けた。

ヒルネは頭を抱えた。

「だ、大丈夫ですか？　お加減が悪いのですか？」

「いえ、大丈夫です。あの……追加で質問があります」

「なんでしょう？」

「聖女になってからも、同じ日程ですか？」

「聖魔法の治癒があるので変わると思いますけど……基本的には同じです」

（聖女ダメじゃん！　ブラックじゃん！　九時五時昼寝付きじゃないじゃん！）

ヒルネは衝撃を受けた。世界平和はもちろん大切だが、自分がのんびりできて、世界も平和になる方法はないかと考えを巡らせる。

するとジャンヌが両手を組んで天井を見上げた。

「聖女さまは大きな功績を残すと、〝大聖女〟になるんです」

「ほう、大聖女ですか」

ヒルネは聞き捨てならないワードに反応した。

「はいっ。大聖女さまは自らの教会を持ち、その地域を浄化するお役目を担っております。人々から尊敬され、崇拝される存在です」

「自らの教会……自分の家、ですかね？」

「えっと……そうだと思います。そちらに住んでいらっしゃるので……」

（偉い大聖女ならスケジュールも思いのままじゃないかな？　少なくとも聖女見習いよりはいいよね……。自分の家なら、色々融通が利きそうだし。でっかいソファとか、ハンモックとか、人をダメにする椅子とか……のんびりできそう……）

ヒルネはうんうんと一人で得心した。

「それなら、私は大聖女を目指すことにします」

「ヒルネさま……それは素晴らしい目標だと思います！　素敵です！　ヒルネさまなら歴史に名を残す大聖女になれます！」

ジャンヌは決意するヒルネの神々しさを見て、瞳を輝かせた。

（まずは聖女になること。次に大聖女について色々調べてみよう……のんびりするために……！）

「私も頑張りますっ」

「ええ、頑張りましょうね」

まったく違う方向性であるが、少女たちは未来に思いを馳《は》せるのであった。

3.

こちらの世界に来て一週間が経過した。

相変わらず食事は質素で布団はぺらぺらだ。

どうにかならないものかと思いつつも、まあいいか、とマイペースなヒルネはあまり気にしないことにした。今は雌伏のときである。大聖女とやらになれば、環境は改善されるだろう。それまでの辛抱だ。

聖女見習いの仕事も、ようやく慣れてきた。

「早朝から一時間祈って、神具を清めて、聖句を聞いて、聖魔法の呪文暗記、座禅、給食当番――」

「給食当番ではなく、民への施しですよ」

ヒルネの美しい髪を梳かしながら、ジャンヌが訂正する。

プラチナブロンドが朝日に照らされ、宝石のように輝いていた。

「そうでした、民への施し。大切なことだとわかってるんですが、腕が痛いです」

「続ければ慣れてくるものです」

ジャンヌがポニーテールを揺らし、一つうなずいた。

あれから一週間経《た》ち、二人はだいぶ打ち解けてきた。ヒルネが人見知りしない性格だからだろう。

「大きな寸胴鍋からスープをひたすらすくう作業。ついでにスパイスとして聖句をちょろちょろっと唱えてですね――」

「ヒルネさま。聖句はついでではありませんよ」

「これで午前がようやく終わり……ハァ……聖女見習いはつらいですね……何か楽をする方法はないのでしょうか？　これでは身体が持ちません。眠気も止まりません……ふあぁっ……」

大きなあくびを連発するヒルネを見て、ジャンヌは心配になる。

昨日の午後も聖書朗読で居眠りをし、教育係の元聖女ワンダに叱られたばかりであった。

教育係ワンダは西教会の聖女見習いとメイド見習いたちが恐れる存在だ。もちろん尊敬もされているのだが、彼女の指導は厳しい。指先一つの仕草でも目につけば指導が入る。

ヒルネは本教会大司教ゼキュートスが後見人である。それだけでも一目置かれる存在だ。

というのも、メフィスト星教は王国中に教会を持っており、どの教会に配属されるかで地位が変わってくる。同じ大司教のポジションでも、辺境の教会と本教会では二階級ほど差があった。つまり、本教会の大司教ゼキュートスは幹部クラスである。

ここにいる聖女見習いは、聖魔法のテストを受けて合格した者が七割で、残りが司祭など関係者の推薦によるものだ。

本教会大司教が直々に聖女見習いの後見人になることは滅多にない。

加えて、ヒルネの容姿は人目を引いた。

歩くだけで星が舞いそうなプラチナブロンドに、宝石も逃げ出しそうな碧眼。相貌も非常に整っている。そのわりにのほほんとした雰囲気なので、見た者に癒やしを与えていた。王都に住む聖女見習いフリークのあいだでは、すでに噂《うわさ》になっているほどだ。

「祈りながら人をダメにする椅子に座りたいものですね……」

「なんですかその椅子は……」

本人はこんな調子だ。

ジャンヌの心配もうなずける。

「ヒルネさまは怖いもの知らずすぎます」

「そうですか？」

「そうですよ。叱られてもどこ吹く風なので、私はいつも心臓が痛いです」

しかも、ヒルネは危機感がまったくない。街を巡回している最中に、知らないおっさんに串焼きをもらってもりもり食べていた。聖女以前の問題である。

ヒルネから目を離したら誰かにさらわれそうだ。布団を目の前に置かれたら、その場で寝てしまうかもしれない。

ジャンヌはメイドの仕事がなければ、できるだけヒルネと一緒にいようと気を引き締めた。

「今日は気をつけてくださいね。昨日、叱られたと聞いて血の気が引きました」

「気をつけますよ。ドントウォーリーです」

「よくわかりませんよ、ヒルネさま」

「ああ、そういえばですね、昨日巡礼から戻られた聖女さまを見ました」

「本当ですか？」

ジャンヌが櫛《くし》を操る手を止め、鳶色《とびいろ》の瞳をヒルネに向けた。

「だいぶくたびれた様子でした。そうですね、野宿を繰り返して魔物に追われたかのような見た目でしたね」

「南方に行かれたんですね。なんて尊い行いなんでしょうか」

ジャンヌは両手を合わせて、熱いため息を漏らした。

「聖女は地方へ巡業して、王都に戻ってくるのですね？」

「そうですよ。世界は魔物による汚染が進んでおります。世界の浄化は聖女さまのお役目ですから」

「困りましたね……聖女になると地方巡業という過酷な仕事をさせられてしまいます」

ヒルネは「聖女さますごい」と感激しているジャンヌをよそに、腕を組んだ。

（聖女になったら早々に大聖女へ昇進しないといけないね。巡業で野宿はしたくないな……あ、寝袋って寝やすいのかな？　うーん、寝袋は魅力的だけど毎日はさすがにいやだし……やっぱり大聖女になるしかないかな。ゼキュートスさんへの恩もあるしね）

聖女見習い――忙しい
聖女――地方巡業が過酷
大聖女――自分の教会でウハウハ
ヒルネの脳内での解釈はこんな形だ。

（大聖女の情報もほしいなぁ）

「ま、とりあえずは聖女になれるように頑張りますか。最低でも一年の修行が必要みたいですし」

「ヒルネさま、その調子ですよ」

ジャンヌが前向きなヒルネの発言に大きくうなずいた。

「頑張ってくださいね」

「そうですね。ほどほどに頑張ります」

ジャンヌに身体の隅々まで拭かれ、聖女見習いの服に着替えると、宿舎から教会へ向かった。

すでに聖女見習いが五十名ほど集まっている。

「では、おつとめ頑張ってくださいね」

ジャンヌがぺこりと一礼して食堂の方向へ消えていった。

メイド見習いもやることは山積みだ。

「……」

(この世界に来て一週間になるけど……礼拝堂の装飾が荘厳すぎて尻込みする……)

床は大理石調で、聖句が細かく刻まれ魔法陣となっている。

虹色に輝くステンドグラス、白亜の女神ソフィア像が正面に鎮座し、三百の蠟燭《ろうそく》に火が灯《とも》っている。人類と魔物の会戦を描いた絵が壁一面に続き、天井にまで達していた。

(あと、ゼキュートスさまが聖魔法って言ってたけど、魔法って実際に見ると感動するね。キラキラしてて綺麗)

ヒルネは教育係ワンダの鋭い視線を受け、ああ、いけない、と内心では思いつつ、ゆったりした足取りで聖女見習いの最後尾まで進み、両膝を床についた。

(ワンダさんはお説教が長い……とてもいい人なんだけど……)

赤茶色の髪をすべて後ろにまとめた、四十代後半の元聖女だ。

騎士のようにきりりとした美貌の持ち主で、年齢よりも十歳以上若く見える。縁無しメガネが似合いそうな人物だ。教育係が着る法衣《ほうえ》とロングスカートを穿《は》いている。

彼女が音を立てずに前へ出た。

「女神ソフィアの敬虔《けいけん》なる聖女見習いよ。世界安寧を、世界平和を、すべての生きとし生けるものへ愛と感謝を祈りなさい……」

彼女が厳かに言うと、聖女見習いたちが一斉に胸の前で印を切り、両手を組んだ。

ヒルネも覚えたての印を胸の前で切って、祈りのポーズを取った。

(女神ソフィアさまに感謝を……あとは世界中の人々が安眠できますように……安眠って考えたら眠くなってきた……)

開始十秒で眠くなるヒルネ。

静謐《せいひつ》で静寂な教会内は布団があれば安眠スポットになるな、と初日から思っている。

少女たちが祈り始めると、床に刻まれた聖句の魔法陣が光を淡く発した。そしてじわりとあたたかくなる。

(床暖房きた……)

断じて違うのだが、両膝立ちしている足があたたかいのは間違いない。

「ヒルネ。動いてはいけませんよ。祈りに集中しなさい」

頭上から教育係ワンダの声がし、ヒルネの細い肩にそっと触れた。

「女神ソフィアへ真摯に祈り、そのお力を感じるのです」

「……」

ヒルネは目を閉じたまま小さくうなずいた。

「それが聖魔法の入り口です」

ワンダが手を離して下がった。

教会にまた静寂が訪れる。

ステンドグラスと魔法陣の光が淡く交差して、極小の星屑がいくつか舞った。

（聖魔法……実は使えそうなんだよね。聖句を唱える必要があるらしいけど……女神さまに加護をいただいたからかな？）

ヒルネは自分の中にある力を、こっそり解放してみようと思った。

（聖魔法……肉体操作……あとは、身体を固定すれば……）

自身の身体を筋力ではなく、聖魔法で操作する魔法が発動した。

さらにヒルネオリジナルの固定化という効果も発動し、彼女の身体はどれだけ力を抜いても動かない状態になった。動かせるなら、動かないこともできるだろうという逆転の発想だ。このまま持ち上げられても、フィギュアのように動かない。

通常、聖魔法習得までは、
1．女神ソフィアへ祈りを捧げる（女神に許可をもらう作業と言われている）
2．聖句を唱える（暗記・詠唱）
3．聖魔法発動（魔力操作）
という流れで、数年がかりで行われる。

ヒルネに付与された女神の加護がすべての工程をすっ飛ばし、聖魔法の行使を可能にしていた。

（おおっ、できた。素晴らしいね……これは楽ちんだよ。眠れそう……）

目だけ魔法を解除し、そっとまぶたを開くと、真剣に祈りを捧げる聖女見習いたちが見えた。

（皆さん、おやすみなさい……素敵な世界に感謝を……）

ヒルネは寝た。

魔法のおかげで微動だにしない。

「……」

教育係のワンダが新入りのヒルネを見て、感心したように笑みを浮かべている。

先ほどよりも姿勢がよく、何より心の乱れが見えない。

ヒルネの周囲でキラリ、キラリと星屑が舞っており、魔力が高いことを示していた。見た目の愛らしさもあってか、ワンダはまさかヒルネが聖魔法で居眠りしているとは夢にも思わなかった。

寝ているから乱れるも何もないのだが……バレないことを祈るのみだ。

「……すぅ……すぅ……」

朝の祈りはこうして過ぎていった。

4.

聖魔法を使った居眠りは教育係ワンダに見つからなかった。

いびきをかいたらアウトなのだが、ヒルネはそこに気づいていない。

ジャンヌに言ったら「なんてことをしてるんですか……！」と叱られること間違いなしの案件である。知らぬが仏、もとい――知らぬが女神だろうか。

「寝たからか、調子がいいですね」

ヒルネは清潔な布で神具を拭きながら、上機嫌につぶやいた。

神具を綺麗にするのも聖女見習いの仕事だ。

広い神具室には整然と道具が並んでいる。

見習い聖女たちが各自持ち場に散って、せっせと神具を磨いていた。

（磨くのも疲れるな……聖魔法で綺麗にしてはダメなのかな？　拭くより確実だと思うけど）

「ねえ、あなた。ちょっといい？」

声をかけてきたのは同じ聖女見習いの少女だ。水色の髪が特徴的な目鼻立ちのはっきりした女の子で、少し気が強そうに見える。

（ああ、この子……髪の色が気になってたんだよね。水色って異世界っぽい……）

「なんでしょう？」

「あなた……さっき寝てなかった？」

「……気のせいではないでしょうか？」

「私、隣で祈っていたんだけど、あなたの呼吸がたまに途切れてたのを聞いてたのよ。スー、スー、ススン、って感じだったわよ。あれ、寝てるときなるやつよね？」

水色の髪の少女が実演付きで解説し、じっとりした視線をヒルネに向ける。

ヒルネは参ったな、と天井を見上げた。

（でも寝てたのは事実だし……）

「すみません。寝ていました」

結局、正直に言うことにした。

「そ、そう」

ヒルネがはっきり認めると思っていなかったのか、水色の髪の少女は戸惑いながらうなずき、眉根を寄せた。

「そうだったとしても、姿勢が崩れてなかったわ。あれ、どうやってるの？」

「聖魔法です。肉体操作の聖句？ですかね。あれを使いました」

「え？　何言ってるの？」

ヒルネの言葉に、少女が呆《あき》れた声を出した。

声が大きかったのか、周囲で作業をしている聖女見習いがちらりと二人へ顔を向ける。

視線に気づき、水色髪の少女は咳払《せきばら》いをして、ヒルネに身体を寄せた。

「聖魔法がもう使えるの？　あなた、大司教ゼキュートスさまが後見人よね？」

「使えるみたいです。ゼキュートスさまが後見人ですね」

「みたいって……聖魔法は聖句を唱えて初めて行使できるのよ？　静かな場所で声を発したらすぐにわかるわ」

「心の中で、なんとなく唱えたらできました」

ヒルネが眠たげな碧眼を少女へ向けた。

「そんなこと――」

「そうだ。挨拶が遅れました。私、ヒルネといいます。素敵な髪色のあなたのお名前は何ですか？」

曇りのない目に見つめられ、少女はうっとたじろいだ。

「……ホリーよ。三ヵ月前に試験に合格して見習いになったの」

（ホリーさん……髪が素敵だから覚えておこう）

「そうですか。年はいくつですか？　私は八歳です」

「私もよ」

「同い年で先輩だと心強いですね。これから、よろしくお願いします」

「ええ……よろしく」

ホリーは注意のつもりで言ったのだが、どうにもヒルネがのほほんとしているので、反応に困った。

それに、大司教が後見人になっている女の子がどんな人物か気になった。ここで注意して先輩としての威厳を見せておこうと思ったのだ。ホリーは真面目で上下関係を気にする子であった。

「あなたすごい美人なのに変な子ね？」

「そうでしょうか？」

「心の中で聖句を唱えるなんて……できるわけないじゃない」

「使えますよ……ほら」

ヒルネが浄化の聖魔法を使って、持っている盃《さかずき》を一瞬で綺麗にした。

ホリーは盃が光って星屑が舞ったのを見て、びくりと身体を震わせ、啞然《あぜん》とした顔でヒルネを見つめた。

「え？　え？　今の、浄化の聖魔法？」

ホリーがヒルネの持つ盃を覗き込む。

「こんな全部綺麗に……私でも片側ぐらいしか浄化できないのに……」

「そうなんですか？」

「そ、そんなわけないでしょう。私のほうがうまくできるわっ」

大きな声でホリーが否定すると、周囲から一斉に視線が集中した。

あっ、と手で口を塞いで、ホリーが肩をすぼめた。

すると部屋の奥から教育係のワンダが歩いてきて、片眉を上げた。教育係というより、騎士の教官のような雰囲気の持ち主だ。

「ホリー。神聖なる道具を手に持って何を騒いでいるのです？」

「ワンダさま、これは……その、申し訳ありません」

ちらりとヒルネを見て、ホリーが観念して頭を下げた。

「真面目なあなたらしくないわね。気をつけなさい」

「はい……」

ホリーが再度頭を下げ、胸の前で印を切った。

「話し相手は……ヒルネですか。先ほどの祈りはよかったですが、次、居眠りを見つけたら罰として千枚廊下の掃除ですよ。その言葉は覚えているのですか？」

ホリーのあとに、矛先がヒルネに向かった。

「いえ、覚えていません。ごめんなさい」

ヒルネは正直すぎた。

「……正直は美徳です。しかし、覚えていないというのも問題です」

「すみません。うっかりしていました」

（うーん、寝ぼけてて覚えてない。会社のミスはごまかして後で修正してたからなぁ……正直に言っても怒鳴られて減給だったし……素直に謝れるって素晴らしいことだよ、うん。これぞ風通しのいい職場だね）

何かちょっと違う気もするが、ヒルネが一人で納得していると、ワンダが軽く息を吐いて「静かに作業なさい」と言って去っていった。

その背中が見えなくなるのを見届けて、ホリーが口を開いた。

「ねえ、もう一度やってみてよ」

「いいですよ……はい、浄化」

パッと次に持った盃が光り、ぴかぴかの新品状態になった。

ホリーが目を見開いている。

彼女は手に持っていた盃を急いで拭いて、別の物を取ると、小さな声で聖句を唱えて浄化の聖魔法を使った。

淡い光が輝いて、盃が浄化される。

「……片面だけしかできない……それに聖句なしなんて……あなた天才なの？」

ホリーが悔しげにヒルネを見た。

八歳で聖魔法が使えるだけでも相当な才能の持ち主で、ホリーは聖女の最年少記録、九歳を更新するのではと囁《ささや》かれていた。

聖女になるには、品行方正であること、一定範囲を聖魔法で浄化できることが条件だ。

見習いたちは日々の修行でゆっくりと力を増やしていく。

才能の程度は人それぞれなので、九歳で聖女になる少女もいれば、十五歳で才能が開花する少女もいた。

「ホリーさん、時間があるときに聖句を教えてくれませんか？」

「え？」

「聖魔法は使えそうですが、聖句を唱えられないと聖女にはなれませんよね？　式典などで無言では聖女はつとまりませんから」

「そうだけど……」

「今の聖句、淀《よど》みがなく素晴らしかったです。昨日来た司祭おじさんよりも聞き取りやすいです」

「昨日の方は確かに聞き取りづらかったわ。お年寄りは聖句に癖が出るからね……」

ホリーが生真面目にうなずいた。

聖句は難しい文字列が並んでおり、人によって聞き取りやすさが違う。

あと、報酬なしで見習いに聖句を教えてくれる男性を司祭おじさんと言わないであげてほしい。

「こうしましょう。お暇な時間に私の部屋に来てください」

「あなたの部屋に？」

「はい。宿舎の二階、一番端の部屋です。ダメでしょうか……？」

「べ、別にいいけど……」

「よかったです。寝てるかごろごろしてるので、いつでも大丈夫ですよ。あと、何かできることがあったら協力しますから言ってくださいね」

ヒルネが長いまつ毛をぱちぱちさせて、ホリーを見つめる。

ホリーは何度か髪をかき上げると、こくりとうなずいた。

「そこまで言うなら仕方ないわ。私が先輩だから、色々教えてあげましょう」

「よろしくお願いしますね、先輩さん」

ヒルネは笑顔でうなずいた。

完全にヒルネのペースに巻き込まれたホリーは、頬を少し赤くし、手に持っている盃へと視線を落として拭き始めた。

するると、何かを思いついたヒルネが腕を組んだ。

「ところでホリーさん。聞きたいことがあります」

「なに?」

「布団をお布施でもらう方法はないでしょうか?」

「え? 布団……?」

「そうなんです。部屋の布団がぺらぺらで気持ちよくないんです」

ホリーはぴくりと眉を動かした。真面目な彼女には聞き捨てならない言葉だったらしい。

「あなたねえ……聖女たるもの物欲に溺れてはダメなの。民よりもいい生活を送るなんていけないわよ。そもそも聖女っていうのは——」

それからしばらくホリーの聖女談義が続いた。

(こっそりおしゃべりしながらお仕事……なんてのんびりした時間なんだろう……。こういう時間を大切にしたいよね…………ああ、なんだかまた……眠くなってきた……)

静かな神具室で、身を寄せ合って話をする。

あくせく働いていたことを思い出すと幸せな気分になってくるのだ。

「……ふぁっ……あふっ……」

「ちょっと、人の話を聞いているの？」

「聞いてます……ふあぁっ……」

「大きなあくびね。ま、いいわ。手を動かしながら話しましょう——」

生真面目なホリーの聖女とはなんぞや、という話がとにかく長い。

ヒルネは話の途中で居眠りをし、ホリーに叱られた。

それも、何だか幸せだった。

5.

午前、午後の日程をこなして部屋に戻ると、メイドのジャンヌが疲れ切った顔で椅子に座っていた。

「ジャンヌ、今日はどうしたんですか？　姿が見えなかったけど……お腹が痛いんですか？」

向かいの席に座り、ヒルネが聞いた。

ジャンヌは立ち上がってヒルネの聖女見習い服を脱がせ、寝巻きを持ってきた。

どうも疲れが溜《た》まっているみたいだ。ポニーテールも心なしか萎《しお》れている気がする。

「ああ、自分でやりますよ」

「私の仕事です……やらせてください」

着替えてから食堂へ二人で行き、夕食を食べ、また部屋に戻ってくる。

口数の少ないジャンヌがいよいよ心配になってきて、ヒルネは彼女の手を取った。

「どうしたの？　疲れちゃったんですか？」

「実は……そうなんです。仕事を早く終わらせれば、ヒルネさまのお世話ができるんですが……体力がないので終わるのが時間いっぱいになってしまうんです」

「確か、メイド見習いは与えられた仕事が終わったあと、聖女見習いの元へ行くんですよね？　それがしたくて頑張ってたんですか？」

「はい」

ジャンヌが小さくうなずいた。

西教会は聖女見習いが五十名、聖職者が百名いる大きな教会だ。

必然的に仕事量も多くなる。

メイド見習いに分配されている仕事量も多岐にわたり、運が悪いと歩いている途中で呼ばれて仕事を言いつけられることもある。余裕を持ってすべて終わらせるには数年の訓練が必要であった。

「でも、途中で疲れてしまうので、まだ無理みたいです……。十一歳の先輩も最近やっと持ち場を終わらせて、担当聖女のそばに行けるようになったと言っていました」

「でも、部屋でこうして会えますよ？」

「聖女見習いの皆さまの尊いお姿を見れる機会はないんですよ？　午後、礼拝堂でヒルネさまが聖書の読み上げをなさるお姿を見たいんです」

聖書朗読は司祭の役目である。

祭日や休日などに聖女が聖書を読み上げることもあるのだが、聖女見習いの聖書朗読が一般公開されることはない。

間近で見れるのは側仕《そばづか》えメイドの特権なのだ。

少女たちが懸命に聖書を読む姿は人の胸を打つ。メフィスト星教へ多額の寄付をしている聖女フリークな貴族が、無理を言って見に来ることもあるらしい。

ジャンヌは大聖女を目指して頑張るヒルネの姿が見たかった。

「そっか……じゃあ今日は一緒に寝ましょう？　それなら寂しくないですよ？」

ヒルネは彼女が一緒にいたいと思っていることを嬉しく思い、一緒に寝ようと誘った。

隣の部屋なので、一緒に寝るのもいいなと前々から思っていたのだ。

「ヒルネさまと一緒に寝るんですか？」

ジャンヌとしては、ヒルネの聖女見習い姿を見たいがために言ったのだが、どうもヒルネは違う解釈をしている。

それでも、ヒルネの提案は魅力的だった。

一人部屋は寂しいのだ。

「いいんでしょうか？」

「いいに決まってます。気持ちいいですよ。ぬくぬくです」

「そうかもしれませんけど……そんな不敬な……」

「私は記憶喪失のただの女の子ですよ。気にしないでください。ね？」

ヒルネの笑顔がジャンヌの目の前いっぱいに広がった。

星海のような碧眼に、長い金色のまつ毛がのっていて、笑うとそれがくしゃりと細くなる。ジャンヌはヒルネの笑顔には何を言っても勝てないような気がして、素直にうなずいた。

「わかりました。着替えてきます」

「早く来てくださいね」

その言葉に、ジャンヌがいそいそと部屋を出ていった。

（そういえばこれで夢の一つが叶《かな》うかも……）

ヒルネは薄い敷布団のベッドにごろりと寝転がった。

前世で死ぬ間際、癒やしがほしいと思っていた。その中の一つに『可愛い女の子とくすぐりあって、日向ぼっこをしたい』という願いがあった。

日向ぼっこではないが、夜一緒に寝るのも悪くないなと思う。

そんなことを考えながら、古い天井を見上げていると、ジャンヌが寝巻きに着替えて、ヒルネの部屋に戻ってきた。

ジャンヌはポニーテールを解いて髪を下ろし、枕を両手で抱いている。

寝巻きはシンプルなワンピースだった。

「どうしたんですか？　ドアの前にいたら寒いですよ」

「いいんでしょうか？」

ジャンヌはまだ一緒に寝ることに引け目を感じているようだ。

「いいのいいの。ほら、早く抱き枕になってくださいい。カモンです、カモーン」

本音がダダ漏れのヒルネ。

ベッドの上から何度も手招きをする。迎えに行く気はないらしい。

「わ、わかりました」

観念したジャンヌがベッドに近づき、そろりと腰を下ろした。

「枕を私の隣に置いてください。ここです」

ぽふぽふとヒルネがベッドを叩《たた》いた。

ジャンヌが抱いていた薄い枕を置く。そわそわしている彼女がヒルネにじっと見つめられ、申し訳なさそうに寝転がった。すると、ヒルネが掛け布団をかけてくれた。

「あったかい……」

ジャンヌがぽつりとつぶやいた。

ヒルネの寝ていた布団が思っていたよりもあたたかく、居心地が非常によかった。

実はこの穴の空いた掛け布団であるが、ヒルネが一週間寝ていたせいで、聖なる加護を宿し始めていた。かけているだけで邪悪なるものを寄せ付けず、人間が心地よさを感じる一品に変化しつつある。

「二人で寝るとぬくぬくですね」

真横にいるヒルネがジャンヌを見て笑い、彼女へ身を寄せた。

自然とジャンヌも笑顔になった。

「これはあれですね、毎晩ジャンヌには来てもらわないといけませんね。薄い掛け布団は二人で補わないといけません。我ながら素晴らしい提案です……ジャンヌもそう思いませんか？」

「そうかもしれませんね」

「そうでしょう？」

「はい」

二人は笑い合って、天井を見上げた。

少し無言の時間が流れ、ヒルネが眠たげな目をジャンヌへ向けた。

「そういえば、ジャンヌはどこの生まれなのですか？」

ヒルネの質問に彼女は一瞬呼吸を止め、何度かまばたきをすると、ゆっくり息を吐き出した。

「私は……南方の生まれです」

「南方ですか……」

（王国内で一番危険な地域だったよね？　多くの聖女が派遣されてて……今は浄化も進んで治安はよくなってきているらしいけど……）

ヒルネは午後に行われる地理関係の講義で聞いた説明を思い出していた。

「私のいた村は魔物たちに襲われて……私を育ててくれたおばあちゃんとおじさんは村のみんなを守るために……」

ジャンヌはそこまで話して、布団で顔を覆った。

悲しくなって、涙が出てしまったようだ。

「そうだったんですね……ごめんね、聞いてしまって……」

ヒルネがジャンヌを抱きしめた。

「……ぐすん……申し訳ありません」

「立派なおばあさまとおじさまですね？」

「はい……」

ヒルネが彼女の肩をさすり、ジャンヌがこくりとうなずいた。

「早くに両親を亡くしてから、私を育ててくれたんです。二人とも狩人《かりゅうど》だったんですよ。ホワイトベアーを狩ってきて、毛皮を私のお布団にしてくれたなぁ……」

「その布団はどうでしたか？　もふもふでしたか？」

ヒルネ、布団と聞いて即座に食いついた。

「はい。とてもあったかかったです」

「なるほど……南方、悪くないかもしれませんね」

「魔物に襲われたときなんですけど……」

ヒルネのつぶやきは聞こえなかったのか、ジャンヌが布団から顔を出した。

「聖女さまが逃げる私たちを救ってくださったんです。美しい聖光で魔物を食い止めて……そのときに思ったんです。私も聖女さまのお役に立ちたいって……」

「それで聖女付きのメイドになるために、西教会に来たんですね？」

「はい。一緒に逃げてきた村の人に教えてもらって、半年前に西教会に入ることができました」

「見た目よし、器量よし、性格よし……ジャンヌは素敵なメイドさんになれますよ」

ヒルネがにっこり笑う。

実際、ジャンヌは八歳であるのに本当によく気がつく女の子であった。前世のヒルネより気配りができるかもしれない。

（女子力で完全に負けている気がする……）

「そんなことないです。それはヒルネさまのことですよ？」

「私はすぐ眠くなっちゃうし、思ったこと口に出しちゃうからダメだよ」

「ヒルネさまはすごく優しいです。初めて会ったときも笑顔を向けてくださいましたし、今日もこうして誘ってくれましたし……」

「あー、何か恥ずかしいですよ。そういうこと言われると恥ずかしいです」

ヒルネはこんなふうに同年代の女子と一緒に寝たことがなく、褒められて恥ずかしくなってしまった。

「す、すみません……」

ジャンヌが肩をすぼめて、頬を赤くする。

「これはおしおきですよ。おしおき」

「え？」

ヒルネは両手を布団の中でもぞもぞ動かして、ジャンヌの腰をつかんだ。

「ほーら、こしょこしょこしょこしょ」

「ちょっ……ヒルネさまっ……くすぐった……アハハッ！　ひゃめてくだひゃい！」

「こしょこしょこしょこしょ」

ジャンヌがもがいて、しばらく攻防は続いた。

「さ、ジャンヌの番です。私にもやってください」

「ええ？　ヒルネさまに？　そんなことできませんよ」

「いえいえ、くすぐりはお互いやらないと意味がないんです」

恐る恐るジャンヌがヒルネの腰をくすぐり、もっと強くと言われて本気でヒルネをくすぐった。

要領のいい彼女のくすぐりはかなり効いた。

二人は何度かくすぐり合い、小康状態になったところで、どちらからともなく「寝ましょう」と言った。

（楽しかった……くすぐり合うだけなのに……次は……日向ぼっこと一緒にやろう……）

満足したヒルネは布団を首まで上げて、目を閉じた。

「ジャンヌ、おやすみなさい」

「はい。ヒルネさまも、おやすみなさい」

ヒルネは月明かりに照らされるジャンヌの横顔を見た。

小さな女の子が夢に向かって頑張っていることが、素敵なことに思えた。

（ジャンヌは輝いていますね……この子が……疲れづらくなって、いつまでも健康でいられますように……）

ヒルネは祈りながら眠りについた。

二人が眠っている間、ヒルネからキラリ、キラリと星屑が舞って、ジャンヌの身体に吸い込まれていった。

6.

ヒルネが転生してから半年が経過した。

ジャンヌとはあれ以来ずっと一緒に眠っており、最近ではジャンヌが疲れづらくなったと喜んでいた。ヒルネも嬉しかった。これもジャンヌの努力のおかげだろうと思う。

もちろん努力もあるが、ヒルネが寝ている間に加護を与えているとは二人とも気づいていない。

水色髪のホリーも、時間があればヒルネの部屋へ来ている。

聖句の練習を二人でするのだ。

聖女見習いのヒルネとホリーが真面目に取り組んでいる姿を、ジャンヌが嬉しそうに見守っているのが、ここ最近の日常であった。

もっとも、ヒルネが練習終わりの流れで「ホリーさんも一緒に寝ましょう」と誘い、それが何度か見つかって教育係ワンダに怒られているのも常であった。聖女見習いが別の部屋で寝るのは規則違反である。

「また叱られたわ。ヒルネ、次はないからね」

「でも、三人で寝るとふかふかですよ？」

ヒルネとホリーは千枚廊下をモップで掃除していた。

「それは認めざるを得ないわ……あなたと寝ると妙に目覚めがいいのよね」

「女神さまの加護ですよ」

さも当然とヒルネが言う。

ホリーがうろんげな目をヒルネに向け、あながち間違ってなさそうだと肩をすくめた。

「それにしても、掃除の罰も手慣れちゃったわね。誰のせいかしら」

「布団が気持ちいいからですね」

「あなたが誘ってくるからでしょ」

ホリーは紫色の瞳を背後へ向けた。

千枚廊下は聖句を千枚壁に貼っている、長い廊下である。

駆け足も許されないため、モップで丁寧に往復すると時間がかかった。少女にはつらい作業だ。

皆、やりたがらない。

「ハァ……まだ半分もある……」

「……むにゃ……なんですか？」

モップの柄に頬をのせて夢の世界に旅立とうとしていたヒルネが、薄目を開けた。

ヒルネは聖魔法で自分の持ち場である左半分を浄化してしまっている。

ヒルネ側はピカピカになっていた。

「あ～、またズルしてるじゃない」

「ズルではないですよ。これも立派な力です。ワンダさんは聖魔法を使ってはいけないとは言っていませんでした」

「そりゃあそうよ。掃除の罰に聖魔法を使う聖女見習いがどこにいるの？」

「ここにいますよ」

「まったくもう……私は認めませんからね」

ホリーは生真面目にモップに力を入れ、廊下を進んでいく。

「仕方ありませんねぇ……」

ヒルネが大きなあくびを噛み殺し、ホリーの隣へモップを寄せて歩き出した。

何だかんだ言いながらも付き合ってくれるホリーには感謝している。彼女を手伝おうとヒルネは思った。

ホリーはヒルネにじとっとした視線を向けると、小さくため息をついた。

「あなたって本当にマイペースなんだから」

「そうですかね？」

「自分が他の聖女見習いと街の人になんて呼ばれてるか知ってるの？」

「私、名前以外で呼ばれてるんですか？」

「居眠り姫よ」

「おお、姫さまですか。それは素敵です」

ヒルネはモップが汚れてきたので、さっと聖魔法で自分とホリーのモップに浄化をかけた。

それを見たホリーが何か言いたげな表情をしたが、「ん？」と首をかしげるヒルネを見てあきらめ、「ありがとう」と言った。

「あなた本当に残念な美人よね。お祈りは聖魔法で肉体操作してぐーぐー寝てるし、街へ巡回に行けば布団屋とか、雑貨屋の店主とおしゃべりしてるじゃない。挙げ句に勝手にもらった串焼きを食べてるし……信じられないわ」

「街の人と話すのは大事な情報交換ですよ。いつか布団をお布施でいただけるかもしれません。串焼きは……美味しかったです」

「ワンダさまも心配するはずだわ……」

ヒルネの聖魔法への適性は抜群だと、教育係ワンダは評価している。

半年の成果か、聖句も暗記しており、聖女へ昇格してもいい実力だろうとのことだ。

ただ、居眠りの常習犯であるのが残念であった。

常日頃から細々《こまごま》とヒルネを注意しているホリーとセットにして、もう少し成長してから昇格させる腹積もりらしい。ホリーも優秀な子だ。切磋琢磨《せっさたくま》できる仲間がいるのは成長に一役買うだろう。

「ワンダさまにあなたのことをくれぐれもよろしく、と言われてるの」

「はい。くれぐれもよろしくお願いします。頼りにしてます、ホリーさん」

本人はこんな調子である。

（ホリーさんは八歳なのにしっかり系女子だよね。助かるよ、ホント。転生してからどうにも眠くて、身体が自動でのんびり&楽ちんな方向へいってしまう……）

ヒルネは感謝を込めてホリーを見る。

星海のような曇りのない碧眼に見つめられ、ホリーは「困ったものね」と目をそらした。

「ああ、そういえばですけど」

ヒルネがモップへ視線を戻して声を上げた。

「どうしたの？」

「夕食に果物が出なくなりましたね。あれだけが楽しみだったのに……なぜでしょうか？」

「あー、魔物が活発になってきてるみたいよ」

「魔物ですか」

「うん。果樹園の多い南方にまた被害が出てるみたい。大変なことよ」

「南方ですか……南方は重要な街があるんですね」

「もちろんよ。大きな街はないけど、果樹園、穀倉地帯があるの。北、東、西に大聖女さまがいるけど、南方にだけいないのが問題よね」

「そうなのですか？」

ヒルネがモップに力を入れつつ、ホリーを見た。

「北、東、西も手一杯なんですって」

「南方はジャンヌの故郷なんですよ。平和になるといいんですけど……」

「そうだったの」

ホリーがモップを操る手を止め、悲しげに眉を寄せた。

「なんにせよ、私たちが早く聖女になって、世界に貢献しないとね」

「そうですね。世界が平和にならないと、のんびりお昼寝もできませんから」

「……理由がどうあれ、目指すところは同じね」

ホリーはくすりと笑って、掃除を再開した。

「それにしても食べたいなぁ……果物……」

「ですねぇ……」

二人は少女らしく甘い果実を思い浮かべた。

〇

その夜、ヒルネはこっそり聖女見習い宿舎の裏庭に来ていた。

裏庭は洗濯などに使われる場所で、大きな枯れかけのジュエリーアップルの木が立っている。

樹齢二百年、実をつけなくなって十年は経っているそうだ。

一昔前は甘い果実を実らせ、聖女見習いの少女たちを笑顔にしてくれる存在だった。元聖女の教育係ワンダはジュエリーアップルの木に毎朝祈りを捧げている。

「ヒルネさま、こんな夜遅くに出歩いたらまずいですよ……」

「私はあなたが寝ないことに驚きよ」

どうしても行くと言ってきかないヒルネに、ジャンヌとホリーがついてきていた。

空には半欠けの月が浮かんでいる。

宿舎は眠りの中にあり、静かだった。

(みんなのためにもジュエリーアップルさんには元気になってもらわないと……私も果実を食べたいし。だって……甘くて香り高いって言われちゃったら、もう食べたくて仕方ないよね。宿舎の食事は本当に質素だからなぁ……食べれるのはありがたいけど)

ヒルネは樹齢二百年の木に手を当てた。

目を閉じ、生命感知の聖魔法で診断する。

病人の診察に使う魔法だ。

(ふんふん……地下の栄養があまりないのかな？　生命反応が木の中央あたりですごく細くなってる。原因は土と木の幹か……)

ヒルネの脳内に、樹木の生命が淡く映し出される。

光は根から上へ伸び、中央で止まっている。枝まで行き渡っていない。

ヒルネは振り返ってジャンヌとホリーを見た。

「診断しました。土に栄養がなくて、ジュエリーアップルさんに元気がないようです。治癒魔法を栄養剤っぽいイメージで注入してみます」

それを聞いた二人は、まばたきを何度もする。

「あの、何をするおつもりですか？」

「治癒魔法ってあなた……」

ヒルネはできているイメージを逃さないように、両膝を地面について、目を閉じた。

体内に眠っている魔力を目覚めさせ、治癒の聖句を脳内で唱え、さらに自分の身体を注射器のようにイメージしていく。

すると、ジュエリーアップルから「もっと生きたい」という声が聞こえてきた気がし、ヒルネは小さくうなずいた。

（そっか……もっと生きたいんだね……ありがとう、教えてくれて……）

聖魔法が発動した。

ヒルネの足元に直径三十メートルほどの魔法陣が現れ、周囲が一気に明るくなった。ヒルネから膨大な星屑が舞い始める。

その美しい輝きを見て、ジャンヌとホリーが魅入られたように互いの手を取り合った。

「ヒルネさま……」

「すごいわ……なんて大きな聖魔法なの……」

魔法陣には精緻な聖句がびっしりと刻まれている。

舞い上がった大量の星屑がヒルネの周囲で渦を巻き、今か今かと出番を待っている。

（お願い……！）

ヒルネが目を見開くと魔法陣が光り輝き、星屑がジュエリーアップルを包み込んだ。

治癒の聖魔法は木に行き渡ると、次は地中へと潜り込んでいく。土が歓喜するようにぽこぽこと気泡を吐き出して、色が濃く変化していった。

「あっ、果実が――」

「すごい勢いで成長しているわ！」

ジュエリーアップルがざわりと動き、早送りのように葉が生え、枝が伸び、果実が実りだした。

サクランボほどの大きさから一気にリンゴのサイズへ巨大化していく様は、世界の神秘に見える。

いくつもの赤く熟れた果実が聖魔法に照らされ、その重みで枝がたわんだ。

（もう大丈夫……だね）

確かな生命の脈動を感じ、ヒルネが魔法を閉じた。

役目を終えた魔法陣が消失し、星屑が宙へと消えていく。

ジャンヌとホリーがそれを見届け、興奮した様子でヒルネに駆け寄った。

「ヒルネさま！　果実ができました！」

「大聖女さま並みの聖魔法よ！」

「うまくいったみたい、だ、ね……」

ヒルネは立ち上がろうとし、足がふらついて目の前が暗転した。

（あれ……力が入らない……ダメだ……このまま……寝ちゃおう……）

「ヒルネさま？　ヒルネさま！」

ジャンヌが滑り込んでヒルネを抱きかかえた。

ホリーがあわてて顔を覗き込む。

「顔が真っ青……魔力欠乏症ね」

ほっと息を吐いて安堵《あんど》した。

「急激に魔力を使うとなる症状。慣れてない聖女見習いがよくなるのよ……寝ていれば治るわ」

「よかった……よかったです……」

ジャンヌは泣きそうになってヒルネを抱きしめた。

「ワンダさまを呼んでくる。さすがに報告しないとね。あなたはここでヒルネを看《み》ていて！」

「はい！」

返事を聞くと、ホリーが宿舎へと走っていった。

ホリーが去ると、がさりとジュエリーアップルの葉がこすれた。まるで、いってらっしゃいと言っているようだ。

――ぽとり
ふいにジャンヌとヒルネの真横に、赤い果実が落ちた。

「あっ……」

ジャンヌが果実を小さな手で拾い上げ、緑に茂ったジュエリーアップルを見上げた。

ジュエリーアップルの葉の隙間から、半欠けの月が見え隠れしている。肌寒い風が吹くが、ジャンヌは奇妙な興奮で身体が熱く、夜風が心地よかった。

「ヒルネさま……ジュエリーアップルさんも、喜んでいるみたいですよ」

ジャンヌは微笑み、寝ているヒルネの前髪をゆっくりと耳へかけた。

7.

翌朝、宿舎の裏庭に人だかりができていた。

昨日まで老婆のように萎れていたジュエリーアップルが、今は生命力に満《み》ち溢《あふ》れ、青々とした葉をつけている。

枝には、甘い果汁が今にも垂れてきそうな赤い果実がなっていた。

「奇跡よ！　ヒルネが奇跡を起こしたわ！」

「女神さまがお力を貸してくださったに違いないわっ」

「すべて取らずに人数分だけいただきましょう！」

見習い聖女とメイドがわいわいと言いながら、果実をもいでいる。

皆、甘味に飢えていたのか笑顔が眩《まぶ》しい。

「これはどういうことだ？」

連絡を受け、様子を見に来た大司教ゼキュートスが、教育係ワンダに聞いた。

昨夜、ホリーに起こされてから寝ていないワンダが、恭しく一礼した。

7.

「ゼキュートスさまが後見人である、ヒルネが聖魔法で治したようです」

「あの子が？　まだ聖女見習いになって半年であろう？」

ゼキュートスが額の中ほどまで伸びている眉間のしわを深くして、ワンダを見つめる。

「それが本人はまだ寝ておりまして……」

「他に見ていた者は？」

「はい。見習い聖女ホリーと、ヒルネ付きの見習いメイドジャンヌが見ていたようです。あの子たちの話によれば、直径三十メートルほどの魔法陣が展開され、みるみるうちにジュエリーアップルが若返ったと言っております」

「直径三十メートルの魔法陣……大聖女クラスの聖魔法ではないか」

「はい。にわかには信じられないのですが、ジュエリーアップルが何よりの証拠かと」

ワンダが青々としている木を見ると、ひっつめ髪の毛先が揺れた。

「ヒルネは、百年に一人の逸材かもしれません」

「……ただの女児ではないと思っていたが……ここまでとは……」

ゼキュートスが裏庭を進み、ジュエリーアップルの幹に触れた。

集まっていた少女たちが道を開けた。

聖句を唱えて生命感知の魔法を行使する。

「……生命が満ち満ちている」

ゼキュートスは手を離し、足早に宿舎へ向かった。

○

医務室で寝ていたヒルネは甘い匂いで目を覚ました。

「……うん……ふぁっ……あれ、ここは？」

「あ、おはようございます、ヒルネさま」

ジャンヌが熱いまなざしをヒルネに送った。

一晩中ヒルネを看ていたジャンヌに、疲労の色は見えない。ヒルネと一緒に寝ている加護のおかげだった。

「お加減は大丈夫ですか？　ホリーさんが魔力欠乏症だと言っていました」

「魔力欠乏症？」

「慣れないうちに一気に魔力を使うと、貧血みたいになるそうです」

「そうですか。どうりで眠いわけですね……」

ヒルネが真犯人を見つけた刑事みたいな言い方で顎を撫でる。

ジャンヌは「それはいつもですよね？」と笑った。

「看病してもらってすみませんでした。ジャンヌのことですから寝ていないんでしょう？」

「私は大丈夫です。最近絶好調ですから」

疲労軽減の加護でジャンヌは現在、三日徹夜しても平気な身体になっている。

超人メイドになりつつあることを誰も知らない。

「それならいいんですが」

「私はヒルネさま付きのメイドなんですから気を使わなくっていいんですよ？　それに、ヒルネさまが宿舎のみんなのことを思ってされたことですから、メイドとして鼻が高いです」

黒髪ポニーテール少女の眩しい視線がヒルネに向けられる。

（そんな無垢《むく》な目で見られちゃうと何も言えない。半分は自分の食べたい願望だったんだけど……ま、いっか。喜んでくれてるし）

ヒルネは何も言わず、笑顔を向けた。

（医務室の布団、悪くないね。上級職も使うから上質だよ）

すぐに布団が気になった。

太陽の香りがする薄い布団に顔をうずめて、思い切り深呼吸する。

ジャンヌがベッド脇のテーブルからナイフを取り、皮を剝《む》いたジュエリーアップルを食べやすいサイズに切って、ヒルネに差し出した。

「食べれますか？　ジュエリーアップルさんです」

「ああっ、いい匂い。食べますぅ」

「ふふっ。どうぞ」

あーんと口を開けてぱくりと一口食べた。

（超ジューシーなリンゴって感じ！　全体に果汁が詰まってて口の中に甘さが広がるよ〜）

にんまりと笑顔になるヒルネ。

嬉しそうなヒルネを見て、ジャンヌも自然と笑顔になった。

「ヒルネさま。ジュエリーアップルさんをみんなで収穫しているんです。しばらくは食卓に果実が並びますよ」

「それはいいですね」

「あと、ご近所さまの庭に生えていた木々も命を取り戻したそうです。ヒルネさま、それも考えてあんなに大きな聖魔法を使われたんですよね。さすがです！」

うんうんとうなずいて、ジャンヌが素晴らしいです、とナイフを持っている手を胸に当てて天井を見上げた。ちょっと危ない。

「ジャンヌ」

「はい？」

ヒルネが大きな口を開けている。

ジャンヌはにっこり笑って、ジュエリーアップルを食べさせた。

「おいひい」

シャクシャクと果実を嚙む音が響く。

食べながらしゃべるのはお行儀が悪いが、ジャンヌは親鳥の気持ちがよくわかった。無条件で甘やかしたくなる。

（ああ～、これこれ。寝ながらリンゴ食べさせてもらうとか最高だよ～）

しばらくのんびりを満喫していると、医務室の扉が開いた。

水色髪のホリーが疲れた顔で入ってきた。

「あ、目が覚めたのね」

「はい、おかげさまで。心配をかけてすみません」

「別にいいのよ」

足早にベッドまで近づき、ホリーが一口サイズのジュエリーアップルをひょいとつまんで食べた。

「美味しいわね……これじゃあ文句言えないじゃない」

「何かあったんですか？」

「あなたが倒れてからワンダさんに根掘り葉掘り聞かれたのよ。おかげで……あっふ……寝不足よ」

「それは大変です。さあ、こちらへ」

ヒルネが布団を広げ、自分の隣へ来るよう催促する。

ホリーがじとっとした目でヒルネを見て、大きなため息をついた。

「あなた本当にマイペースなんだから……。それより、ゼキュートスさまとワンダさまがいらっしゃるわよ」

「え？　そうなんですか？」

（ゼキュートスさんとは転生した直後以来あまり会ってないけど……）

そんなことを考えていると、医務室のドアが開いて、法衣を着た背の高いゼキュートスと、教育係ワンダが入ってきた。

「うむ。元気そうだな」

大司教ゼキュートスとワンダがベッドに近づいて、ヒルネを見下ろした。

「ゼキュートスさま、お久しぶりです」

「ああ、久しいな。ヒルネ」

ゼキュートスは自然な動きでヒルネの頭を撫でた。

細い金髪がサラサラと指先からこぼれていく。

（なんか嬉しい）

ヒルネは目を細くして、されるがままだ。

そんなゼキュートスとヒルネを見て、驚いたのはワンダだった。

元聖女であるワンダはゼキュートスから厳しく指導されてきたうちの一人であった。その誠実さを買われて教育係に抜擢《ばってき》されるに至ったのだが、頭を撫でてもらったことなど一度もない。無表情であるのに、どこか安堵しているゼキュートスに、新しい一面を見た気がした。

「ヒルネ、起き上がってみなさい。まだ頭がぼうっとするようなら、魔力が戻り切っていない証拠です」

ヒルネから手を離したゼキュートスを見て、ワンダが優しく言った。

「はい。わかりました」

ヒルネは背中をベッドから上げた。

（全然平気だけど、もうちょっとこの布団で寝ていたいな……）

「ああっ、私、まだ、ふらふらしますぅ」

よよよ、と額に手を当てて枕に頭を倒すヒルネ。

完全なる大根役者だった。

「……」

「……」

「……」

「……」

ジャンヌ、ホリーが「この子ダメだ、なんとかしないと」という表情をし、ゼキュートスとワンダが苦笑する。

「今日の修行は休みなさい。お昼の施しは出るように」

大司教ゼキュートスのありがたいお言葉に、ヒルネは元気よく「はぁい」と返事をした。

愛らしい顔で嬉しそうに布団を上げる姿を見たら誰もダメとは言えなかった。

「ヒルネ、どうしてジュエリーアップルに聖魔法を使ったのだ？」

ゼキュートスが聞く。

「食卓に果実がなくて、みんなが残念そうな顔をしていたので使いました。ジュエリーアップルさんからも〝生きたい〟という声が聞こえたので……あの、ダメだったでしょうか？」

「そんなことはない。皆、喜んでいる。周囲の住民もおまえの行いを非常に褒めていたぞ」

「そうですか。それならよかったです」

（よかったー、怒られてまた罰を受けたら寝る時間なくなるもんね。みんなも嬉しいなら私も嬉しいし）

そう思いつつ、ヒルネはあーんと大きく口を開いた。

気づいたジャンヌが素早くヒルネの口にジュエリーアップルを差し出した。

「おいひい」

シャクシャクと実をかじる音が響く。

「……」

「……」

「……」

それを見ていたホリー、ゼキュートス、ワンダがまた苦笑いを浮かべた。

「ちょっとヒルネ、大司教ゼキュートスさまの前で……あなた自由すぎるわよ」

ホリーが小さな声で言って、ヒルネはようやく気づいた。

「あ、ごめんなさい」

謝っても甘い果実が美味しくて笑顔になってしまう。

ついにはワンダが額を手で押さえた。

「ゼキュートスさま、この子はいつもこうなんです……どうにも緊張感がないというか、マイペースというか……」

「構わん。大事に育ててくれ」

ゼキュートスはワンダに言い、ヒルネを見つめた。

「あまり問題を起こすのではないぞ？　いいな？」

「はい。わかりました。ゼキュートスさま、ありがとうございます」

ヒルネは拾ってもらった恩がある。女神の思し召《おぼめ》しだとしても、ゼキュートスにはいつか恩返しができればと思っていた。

「何かあればすぐに報告をしなさい」

「承知いたしました」

ワンダが一礼すると、ゼキュートスが医務室から出ていった。

バタンとドアが閉じ、しばらく沈黙が走る。

すると、教育係ワンダがヒルネに向き直って、じっと瞳を覗き込んだ。

（お、怒られる……？）

「ヒルネ。あなたの行いは尊いものです。西教会の皆があなたを褒めておりますよ」

「よかった……ありがとうございます」

「ただし――夜中に宿舎を出たことは褒められる行いではありません」

ヒルネはほっとしてジュエリーアップルを飲み込もうとし、詰まらせた。

「はうっ」

「罰として今日から一週間、千枚廊下の掃除です」

（ダメじゃん。罰じゃん……ううっ）

がっくりと布団に顔をうずめるヒルネ。

「ヒルネさま、私も手伝いますよ」

ジャンヌが健気《けなげ》に言う。

「そりゃあそうよ。あなたは無茶がすぎるわ」

ホリーが腕を組んでうなずいていると、ワンダが肩を叩いた。

ワンダが騎士のようにキリリとした顔に凄《すご》みをきかせているので、ホリーの顔が引きつった。

「なんでしょうか……?」

「ホリー、あなたもでしょう……?」

「あっ……そうでした……も、申し訳ございません……」

「ジャンヌもよ。メイドだからこそ規則は守りなさい」

「はい……申し訳ありません……」

「明日から三人で掃除なさい。いいわね?」

ヒルネ、ジャンヌ、ホリーは「はい」と仲良く同じタイミングで首を縦に振った。

ヒルネは寝る時間が減ってしまい、しなびた野菜のような顔になった。

(次はこっそりやろう……)

裏庭からは「とても甘い匂いだわ」と嬉しそうにはしゃぐ少女たちの声が響き、風が吹いてざわざわとジュエリーアップルの葉が揺れていた。

8.

ジュエリーアップルの一件から二週間が過ぎた。

ヒルネはのほほん女子から一転、聖女昇格の第一候補として見られるようになっている。

近隣住民の覚えもいい。

ヒルネあてに西教会への寄付が増えているそうで、民への施しと見習い聖女たちの食事事情も改善されてきている。ジュエリーアップルにはまだ新しい実ができていた。食事に甘味が出てくるので、少女たちの顔は明るい。

（お布施はお布団でお願いしたいんだけど……どうにかならないかな）

小休憩を終え、廊下を歩いているヒルネはそんなことを考えていた。

絹糸のような金髪が揺らめいているのは神秘的で、誰がどう見ても、お布施はお布団で、などと考えているようには見えない。

「ヒルネさま。初めて早く仕事を終わらせました」

聖女朗読の練習時間に、ジャンヌが息を切らせて走ってきた。

「ジャンヌ、おめでとうございます。頑張りましたね」

「はいっ」

ジャンヌが満面の笑みを浮かべ、ポニーテールを揺らしながら駆け寄った。

「今日は仕事が少なかったので休みなしで頑張りました」

「大丈夫ですか？　あまり無理しないでくださいね。私なんかの聖書朗読に大した価値はありませんよ？」

「そんなことありません。ヒルネさまの聖書朗読はそれは素晴らしいもののはずです」

「どうでしょうか……」

（どうにか居眠りせずに読んでるだけだけど……）

聖書片手にヒルネは唸る。

朗読していると自分の声で眠くなってくるのだ。そのせいで何度か机に頭をぶつけたことがある。

対処法として、読み方に強弱をつけるようにしていた。

意識して読み方を変えれば眠くもならない。

「そうね。他は全然ダメだけど、聖書朗読だけは結構いいと思うわよ」

後ろから追いついたのか、ホリーが隣に並んだ。

「なんというか、ヒルネの朗読は独特なのよね。聞き手は引き込まれるわ。敬虔な信徒たちはきっと感動するでしょう」

「初めてホリーに褒められた気がします」

「あなたにもいいところはあるみたいね」

ふふん、とホリーが澄まし顔を作る。

「楽しみです」

ジャンヌはますます楽しみになってきたのか、声を弾ませた。

ホリーはジャンヌを見て、感心している。

「よくメイドの仕事が終わったわね。私付きのメイドは十一歳だけど、一度もこの時間に終わらせたことはないわよ」

聖書朗読は午後四時からだ。

メイドは持ち回りの仕事が終わらないと、持ち場を離れられない。

「休憩なしで頑張りました」

拳を握るジャンヌ。

「あなたいつも元気よねぇ」

「それだけが取り柄なので」

完全にヒルネと寝ている加護のせいなのだが、誰も気づいていない。

朗読練習室に到着した。

中にはすでに聖女見習いたちが集まっている。

(貴族が見に来てる?)

部屋にはワンダの他に、男性の司祭、ちょび髭《ひげ》の貴族がいる。

全員集まったのを見て、教育係ワンダが口を開いた。

「本日は特別にボン・ヘーゼル伯爵が見学に来ております。これも人前で聖書を読む訓練となるでしょう」

ワンダが言うと、ちょび髭のボン・ヘーゼル伯爵が一歩前へ出た。

年齢は四十代、垂れ目が優しそうな男性だ。髪型はマッシュルームカットだった。

（きのこが食べたい）

ヒルネは伯爵を見て、きのこのバターしょうゆ焼きを思い出していた。

「聖女見習いの少女たちよ、私がボン・ヘーゼル伯爵である。私は幼い頃、両親を聖女さまに助けていただき、この世界に聖女さまが必要であることを悟った。君たちの存在が尊いものであると誰よりも理解している。新しい聖女になる君たちをいち早く見たいと思い、大司教殿にご無理を言って見学させていただく運びとなった」

いわゆる、聖女フリークの貴族だ。

娯楽の少ない世界で、聖女は尊敬され、世界中にファンがいる。

酒場に行けば「俺は北の大聖女さまが好きだ」とか「いやいや、最近聖女になった子が将来有望だ」とか「西方の聖女に可愛い子がいるわ。癒やされる」など、誰が好きか論争を男女問わず繰り広げている。

ボン・ヘーゼル伯爵は他国どころか世界中に至るまでの聖女を記憶しており、彼に認められれば一人前の聖女と言われる。誰よりも聖女に詳しく、誰よりも聖女を崇拝している奇特な人物であった。

メフィスト星教への寄付金も莫大《ばくだい》だ。

重要人物と言っていい。

（森に行けばきのこが食べれるかな？　王都できのこが売ってるのは見たことがないかも）

ヒルネの思考は飛んでいた。

「それでは聖書朗読を始めましょう。今日は百二十ページ、光照らす山の章です」

教育係ワンダがいつもどおりの流れでスタートさせた。

一日十五人が朗読を行う。

ホリーとヒルネも今日の順番に入っていた。

最初の一人が立ち上がって前へ行き、朗読を開始する。

（この時間が一番つらいんだよね……ねむっ、ねむい……）

椅子に座って聞いているだけ。とてつもない睡魔が襲ってくる。

何度かホリーが太ももをつねってくれたので、テーブルに額をぶつけることにはならなかった。

ホリーの朗読が始まった。

彼女は堂々としたもので、滑舌もよく、よどみなく読んでいく。八歳でこれだけ読めるのは素晴らしい。床に描かれている魔法陣からも星屑が舞っていた。

ボン・ヘーゼル伯爵も、うむうむと何度もうなずいていた。

ホリーの番が終わり、ヒルネの順番になった。

席に戻ってきたホリーが動こうとしないヒルネを見て、あせって太ももをつついた。

「……ヒルネ、あなたの番よ」

「うん？　あ、そうか」

ヒルネが眠そうな顔でゆっくり立ち上がった。

部屋の後ろで見守っているジャンヌが心配そうに両手を組んでいる。

(寝ないように頑張らないと。一人三分ぐらいだから短くていいよね)

自分の聖書を台に広げるヒルネ。

朗読が始まると思いきや、ワンダを見た。

「ワンダさま、何ページですか？」

「……百二十ページ、光照らす山の章よ」

「はい」

ヒルネはこくりとうなずいて、ペラペラとのんびり聖書をめくっていく。

ボン・ヘーゼル伯爵はジュエリーアップルの件を聞いていたのか、集中してヒルネを見ていた。

ホリーとジャンヌは心のハラハラが止まらない。

ホリーは「早くしなさい！」と心の中で何度も叫んでいる。

「こほん……光照らす山の章……」

ヒルネがやっと朗読を始めた。

「汝《なんじ》、山に光が射《さ》すを見れば思う。汝、光がいずこへ射すか考える――」

細い声だが、よく通る。

ヒルネは眠くならないために大きな抑揚をつけて朗読をする。一定のリズムで進む。

どこか歌のようにも聞こえ、誰かに語りかけるようにも聞こえる、不思議な朗読であった。

（聖書読んでると優しい気持ちになれるよね。女神さまと近くなるからかな？　眠気はどうにかしてほしいけど……嫌いじゃないんだよね）

気づけば魔法陣からキラキラと星屑が舞い、躍っていた。

美しいプラチナブロンドが揺らめき、碧《あお》い瞳が聖書へ落ちている様が幻想的だ。

ボン・ヘーゼル伯爵は最初こそ眉間にしわが寄っていたが、数十秒で聞き惚《きほ》れたのか、すべてを忘れて聞き入っている。

「――羊の群れはやがて雲へ還《かえ》るであろう」

ヒルネの朗読が終わり、ぱたんと聖書を閉じる音が響いた。

聖印を胸の前で切って自分の席へ戻っていく。

ボン・ヘーゼル伯爵はハンカチをポケットから出して、涙を拭いていた。感動したらしい。今にも拍手したそうな顔をしている。

初めて朗読を聞いたジャンヌも涙を流し、何度もうなずいている。

「聖書朗読だけは立派なのよねぇ……」

ホリーが今にも寝そうなヒルネを見て、呆れと称賛を混ぜたつぶやきを口の中で漏らした。

ヒルネはそれに気づかず、席に戻って眠気と戦っていた。

８．

その夜、ジャンヌがヒルネの部屋に入ってくるなり、大きな声を上げた。

「ヒルネさま！　すごいです！　素晴らしいです！」

「どうしたの？　新しい布団が来たのですか？」

「違いますよっ。ボン・ヘーゼル伯爵がヒルネさまに金貨百枚のお布施をしてくださったんです！　ヒルネさまが近い将来必ず聖女になるから、その支度金に使ってくれとのことですよ！　これは大変に名誉なことですっ」

ジャンヌがぴょんぴょんと飛び跳ねている。

ヒルネはありがたいと思う反面、微妙な表情を作った。

（金貨もらっても自分で使えないんだよなぁ……聖女つらい）

ヒルネは強力なパトロンを得たことに気づいていない。

「あの伯爵さまが認めてくださったんです。ヒルネさまはやっぱりすごい人です！」

「うん？　そうなの？　ありがとう」

ジャンヌが嬉しそうなので、ヒルネも嬉しくなった。

（きのこ頭さんは偉い人みたいね。貴族でもお金がない人はいるみたいだし、ビジネスマンなのかな？　あとでどんな人か聞いてみよう）

メフィスト星教の資金繰りによっては聖女への昇格が遅れることもある。

聖女服は高級品で、揃《そろ》えるには金がかかるためだ。

「そんなことより、さ、早く寝ましょう。こっちにおいで、ジャンヌ」

眠たい目をこすってジャンヌを手招きするヒルネ。

ヒルネはまた一歩聖女へと近づくのであった。

9.

きのこ頭のボン・ヘーゼル伯爵が聖書朗読見学に来てから、ヒルネを見る周囲の目がさらによくなった。

あの子はすごい子だと聖女見習い、メイド、聖職者が噂している。

見た目で得をしているのか、あの眠たげな瞳は女神さまと話しているから、と理由付けをされたりして、ヒルネにとっては嬉しい誤算であった。

(はぁ……お布団のお布施はいつになったらもらえるのかな……)

世界を憂いているふうに見えて、ただ布団がほしいだけの聖女第一候補。

「ヒルネ、次は負けないからね。私だってボン・ヘーゼル伯爵さまから金貨三十枚をいただいたのよ」

水色髪のホリーが頰を膨らませて、ジュエリーアップルをかじっている。

ヒルネはホリーを見てにこりと笑い、うなずいた。

「私の金貨と合わせると百三十枚ですね。一緒に聖女になれば、一人六十五枚使えますよ。ワンダさんに伝えておきます」

（ホリーと一緒に聖女になりたいな。こんなに仲良くなったし）

「あ、ああ、うん。そういう意味じゃないんだけど……」

邪気のないヒルネの顔を見て、ホリーは指で頬をかいた。

ホリーは張り合う相手を間違っているような気がする。

「ヒルネさま、お水はいりますか？」

「ありがとうジャンヌ」

食堂で給仕をしているジャンヌがヒルネのカップに水を注いだ。

見習い聖女の食事には、必ずメイドが付くことになっている。ホリー付きの見習いメイドはすでに食べ終わったのか、後ろに控えていた。

「あとは一人でやるから大丈夫よ」

ホリーがそう言うと、お付き見習いメイドは一礼して去っていった。

ヒルネはのんびりしたペースで食事を進める。

ヒルネは「あ、そうだ」と言ってホリーを見上げた。

「ホリー、今日は私の部屋に来てくださいね」

「聖句の練習をするの？」

「はい。今日の聖句、半分寝てしまって覚えてないんです」

「ああ、それなら仕方ないわね」

なんだかんだと面倒見のいいホリーがため息をつき、何かを決意した目つきになった。

「でもね、今日はあなたの部屋で寝ませんからね。もう千枚廊下の掃除はこりごりよ」

「えー、いいじゃないですか。三人で寝ましょうよ。女子三人だとふかふかですよ?」

「ワンダさまに昨日言われたのよ……私、ジャンヌ、ヒルネが見習いの中で断トツ罰を受けているって……不名誉もいいところだわ」

「とは言っても一緒に寝るくらいバチは当たりませんよ。そんな些末《さまつ》なことで女神さまは怒ったりしません。断言できます」

「まるで会ってきたような口ぶりね」

ホリーがやれやれと肩をすくめた。

「はい。人類の母と言えるお優しいお方ですよ」

嘘《うそ》なしでヒルネが言った。

確かに転生するときに会った女神は美しくて慈愛に溢れ、優しかった。

前世の自分を認めてくれた人であった。

「……本当っぽいから怖いのよねぇ。あまりそういうこと言わないほうがいいわよ。他の教会の過激派もいるからね」

「そうなんですか? わかりました」

(宗教絡みだと危ない人もいるのか。地球と同じだね)

そんな世間話をしつつ、ジャンヌからジュエリーアップルを食べさせてもらうヒルネ。

シャクシャクと果実を嚙む音が響く。

「そういえばジャンヌ、今日は元気がないですね？」

「そうなの？」

常に一緒にいるからか、ヒルネにはそう見えるらしい。ホリーの目にはジャンヌはいつもどおりに見えた。

指摘されたジャンヌはジュエリーアップルに刺そうとしたフォークを止め、うつむいた。

「ヒルネさま、後でご相談があります……」

「なんでも話してください。すぐ部屋に行きましょう」

「私も力になるわよ？」

ヒルネ、ホリーがうなずく。

「ありがとうございます」

◯

寝巻きのワンピースに着替え、三人はヒルネの部屋に集まった。

何度も集まっているので慣れたものだ。

ヒルネは布団に寝転がり、ジャンヌとホリーが椅子に座っている。

窓ガラスには青々としたジュエリーアップルの葉が闇夜に映っていた。

「実はですね、私、どうにも運動神経がないみたいで……今日も教育係のメイドさんに叱られてしまいました」

ジャンヌが深刻な弱点を告白し、しょんぼりと眉を下げた。

「儀礼の準備が私のせいで遅れてしまって……こう、台に上って、高いところに手を伸ばしたり、素早くホコリを取ったりするのが苦手なんです。それでさっき、あなたは運動神経がないわね、と言われてしまい……」

心なしかポニーテールも萎れている。

悲しげな表情をしているジャンヌを見て、ヒルネは布団から出てジャンヌを抱きしめた。

「ジャンヌは……私付きのメイドでなくなるのが怖いんでしょう?」

ヒルネが瞳を覗き込んだ。

不安で揺れているジャンヌの鳶色の瞳が、ぴたりと止まった。そして涙があふれてくる。

「……はい」

ジャンヌがヒルネの胸に顔をうずめた。

「大丈夫です。ジャンヌは頑張ってますよ。ジャンヌがメイドでなければ私はもう生きていけません。他のメイドにチェンジされたって絶対に断ります。反対運動として、ずっとベッドで寝ていますよ」

「ヒルネさま……」

「いい子いい子」

「あなたはいつも寝てるでしょうが」

聞いていたホリーがヒルネのおでこをピンと弾《はじ》いた。

「あいた」

「まったく……」

ホリーが不服そうな表情を作り、やれやれと笑みを浮かべ、ジャンヌを横から抱きしめて頭を撫でた。

「居眠り姫が言ってるけど、あなたが頑張ってるのはみんな知っているわ。ジャンヌがヒルネのメイドを外されるとしたら私も反対運動をするわよ」

ホリーの優しい言葉にジャンヌが顔を上げ、涙声を漏らす。

「ホリーさん……ううっ……」

「ああ、泣かないでください。私の胸に来て、ほら」

ヒルネがジャンヌの頭をかき抱いて、何度も撫でる。

(やっぱりみんな不安だよね。まだ子どもだもの……私がしっかりしないと……。どうにも精神が肉体に引っ張られている気がするけど……)

そんなことを思いつつ、健気なジャンヌの悩みを解決できないかと思う。

ヒルネはあることを思いついた。ピンときてしまった。

「そうだ」

ジャンヌの肩に手を置いて身を離し、ヒルネが二人を見た。

「いいことを思いつきました」

「どうしたの？」

ジャンヌを抱いていたホリーも身体を離した。

「ジャンヌ、椅子に座ったままじっとしていてください。いいですね？」

「え？　あ、はい」

そう言われては従うしかなく、ジャンヌはワンピースの袖で涙を拭いて、背もたれに身体をあずけた。

（運動神経がよくなるわけじゃないけど、せめて一日の疲れを癒やしてあげよう）

ヒルネが目を閉じ、集中する。

自分の中に眠っている魔力を捉えて、ゆっくりと回転させ、心の中で聖句を唱えてジャンヌに溜まっている疲労が回復するイメージをする。

（聖魔法……疲労回復……）

ヒルネの足元に魔法陣が展開され、キラキラと星屑が舞い始める。

「聖魔法……」

「今度は何をするつもり？」

ジャンヌ、ホリーが聖魔法の輝きに目を奪われる。

女神の加護があるため、ヒルネの聖魔法は大聖女にも見劣りしない。

（ジャンヌを癒やして……！）

星屑が躍りながら宙を浮遊し、ジャンヌの身体に入っていく。

自分の身体が発光していることにジャンヌは驚き、両手を広げて目を見開いた。

「わっ……光が……」

聖魔法を受ける機会は一般人には滅多にない。

そのため、ジャンヌの驚きはかなりのものであった。

「あ……なんでしょう……とても気持ちがいいです……」

ジャンヌが恍惚《こうこつ》とした表情を作る。一日の疲労が分解されていくような、奇妙な感覚だった。

ヒルネから毎夜加護を受けているジャンヌは疲労しにくい身体になっているが、それでも疲れないわけではない。運動神経がない悩みは前から抱えていたのだ。なんだか心洗われる思いであった。

（もういいかな……？）

ヒルネが魔法を切った。

魔法陣が消えて、星屑も霧散する。

「私にジャンヌを応援させてくださいね。これからは毎日聖魔法で疲れを取ってあげますよ」

「そ、そんな！」

満面の笑みを浮かべるヒルネを見て、ジャンヌがぶんぶんと首を振った。

「恐れ多いですよ。貴重な聖魔法を私なんかに――」

「あなたは大切な友達です。これくらいはさせてください」

「あううっ……ヒルネさまぁ……」

また泣けてきたのか、ジャンヌが涙を瞳に溜め始めた。

聖魔法を見ていたホリーがふうと息を吐いた。

「あなたには一生勝てない気がするわね、ヒルネ。ジャンヌ、よかったわね」

困ったような微笑みをヒルネとジャンヌに向けるホリー。

「もう泣くのはやめましょう。ジャンヌ、ホリー、布団に入りましょう。ぬくぬくしてイヤなことは忘れるんです。明日もいい一日になりますよ。この世界は、とても素敵なんですから」

ヒルネが星空のような碧眼で二人を見つめ、ぐいぐいと袖を引っ張った。

ジャンヌは笑いながら、ホリーは苦笑して、うなずいた。

「ありがとうございます、ヒルネさま」

「しょうがないわね。今日だけよ？」

「ジャンヌはこっち、ホリーはこっちです。隠し枕をあげましょう」

ヒルネは二人を両隣に指定して、枕を持ってきていないホリーのためにベッドの下から隠し枕を取り出した。

「寝ることになると手際がいいわね」

ホリーも観念したのか、素直に枕へ頭をうずめた。

「ヒルネさま、よく眠れそうです」

「うん。明日も頑張りましょう。私は寝て待っているわ」

「なーに言ってるの」

しれっと言うヒルネの脇をホリーがつつき、くすりと笑った。

「ああ、ヒルネの布団に入るとすぐ眠くなるのよね。本当に……不思議だわ……」

「そうなんです。ふああっ……おやすみなさい……」

ホリーとジャンヌが目を閉じた。

ヒルネが毎日寝ている穴あき掛け布団は聖女の加護が宿っている。安眠効果バツグンである。

(ジャンヌもホリーもいい子だね……。ジャンヌの悩みが解決すればいいな……女神さま……どうかこの健気なメイドさんが機敏に動けるように……見守ってください……)

ヒルネも祈りながら眠りについた。

いつしか三人の少女の寝息が小さく響く。

暗い部屋にキラリ、キラリと星屑が舞い、ジャンヌへと吸い込まれていった。

10.

ヒルネは民への施しを行っていた。

メフィスト星教・西教会主導で昼の時間にかかさず催されている。

(南方からの移民が多いみたいだね……大変なのかな)

南方地域は髪を編み込む風習があるらしく、施しを受けている民のほとんどが髪飾りをつけている。教会前で施しを受け、職業斡旋所《あっせんじょ》で仕事を探すらしい。

最近では移民が多すぎて王都は入都制限を行っていた。

ヒルネが根菜類を煮たスープの椀《わん》を男性に差し出した。

「女神ソフィアさまのご加護があらんことを――」

「ありがとうございます」

ヒルネは目の下にくまを浮かべている壮年の男性を見て、ああ、なんてことでしょうと悲しい顔を作った。

「よく眠れていないのですか？」

思わず聞いてしまった。

スープの入った椀を持ち、男性が振り返る。

「はい……聖女さま……宿泊用の空き地が人であふれかえっております……」

「あなたに安眠の加護を――」

ヒルネが手をかざすと、手のひらに小さな魔法陣が浮かんだ。

キラキラと星屑が舞って男性に吸い込まれていく。

それを受けた壮年の男性は驚いたのか椀に入ったスープをこぼしそうになり、あわてて取り直し、深々と一礼した。

「あ、ありがとうございます。貴重な聖魔法を私なんかのために……」

「いいんです。ぐっすり眠れるといいですね」

ヒルネの星海のような輝きを持つ碧眼を向けられ、男性が何度もまばたきをし、涙ながらに頭を垂れた。

「娘を魔物に殺されてしまい……妻と息子を食べさせるため王都に参りました……聖女さま、ありがとうございます。生きる希望をいただきました」

「睡眠不足はすべての敵です。身体を大切に。いつか南方も浄化されるでしょう」

（聖女たちが大勢派遣されてるらしいからね）

ヒルネはそう言って、次に待っている民へ顔を向けた。

男性は何度も何度も頭を下げていた。

ヒルネは目の下にくまがある人を見かける度に、聖魔法を使っている。

教育係ワンダにダメだと言われてもこれだけは譲れなかった。

施しの時間になると、多くの人で西教会は賑《にぎ》わう。聖女見習いの少女を一目見に来た者、施しを受ける者、集まった人で稼ごうと屋台を出す者――

そんな昼の施しの時間で一番人気はヒルネだ。

優しいまなざしと整った顔立ち、眠たげな姿が民には神秘的に映る。

（私の列がまた最後ですか……スピードアップしたほうがいいですね）

そんなことはつゆ知らず、お玉を握り、椀へスープを注ぐ速度を上げるヒルネであった。

○

一日の仕事が終わり、部屋に戻ってきた。

今日はめずらしく午後二時で仕事が終わりだ。休息日である。

「んん？」

部屋で待っていたジャンヌが両手で丸い何かを持っていた。

「ジャンヌ、それは……卵ですか？」

「ヒルネさま」

ジャンヌがうんしょ、うんしょと声を漏らしながら、大きな卵をそっとテーブルに置いた。手を離すと倒れてしまうので、真剣な顔で押さえている。手際がいい。

「ずいぶん運動神経がよくなりましたね、ジャンヌ」

「はい！　これもヒルネさまの聖魔法のおかげです」

毎日かけている聖魔法が超回復に役立ち、身体能力向上の加護を知らず知らず受けているジャンヌの成長が著しい。疲れ知らずで、素早く動ける超人メイドになりつつあるが、本人たちはわかっていない。このまま大人になったらとんでもないことになりそうであった。

「今日の仕事ぶりを貴族さまが褒めてくださって、コカトリスの卵をいただいたんです」

「コカトリス？」

「空を飛ぶ魔物ですよ。私あてに寄付してくださったんです。こんなこと初めてですっ」

ペカッと光るような笑顔になり、ジャンヌが白い歯を見せた。

ヒルネも自然と笑顔になる。

「今日中に食べたほうがいいそうです。これから食堂の調理人にお願いするつもりですよ。今日は卵料理が出ますね」

（卵……っ！　オムレツが食べたい）

「オムレツが食べれますね」

「オムレツってなんですか？」

卵に手を当てているジャンヌが首をかしげる。

「卵をフライパンで焼きながら、くるくると楕円《だえん》に丸める料理です。知らないんですか？」

「知りませんね。見たこともないです」

「この国では卵はどんなふうに調理するのですか？」

「だいたいがスクランブルエッグでしょうか」

「それはいけません」

ヒルネが胸を張って言った。

「ジャンヌ、卵を持っていきましょう。私が調理します」

「ヒルネさま、できるんですか？」

「もちろんです。さ、行きましょう」

二人はコカトリスの巨大な卵を抱えて食堂へ向かった。

○

料理人に新しい卵の調理法を見せると言ったら、すんなりオーケーしてくれた。

腕の太いおばちゃんが料理長らしい。

「卵が手に入るなんて素晴らしいことだよ。あんた、頑張ったね」

「はい。嬉しいです」

褒められてジャンヌはご満悦だ。

おばちゃんに手伝ってもらい、コカトリスの卵を割って巨大なボウルに入れる。

(でっかぁ……混ぜるのが大変だ。卵のいい匂いがする。いちおう浄化しておくか)

「聖魔法、浄化」

パッと魔法陣が現れて、星屑が卵に染み込んでいく。

いきなり魔法を使ったヒルネを見て、ジャンヌとおばちゃんが口をあんぐり開けて驚いた。

「ヒルネちゃん……あんたなんで聖魔法を……」

「念のため浄化しました。これで安心です」

「ヒルネさま……卵を浄化する聖女見習いは一人もいませんよ……」

「ここにいますよ」

おばちゃんが目と口を開けたまま、ジャンヌを見た。

「噂どおり本当にマイペースなんだね……」

「そうなんです……毎日一緒ですけど、たまにびっくりします」

そんな二人の言葉は聞こえていないのか、ヒルネが台に乗ってボウルを覗き込み、大きな菜箸を両手に持って卵をかき混ぜ始めた。

（重い。少女のパワーじゃダメだ）

「貸してごらん。あたしがやってあげるよ」

見かねたおばちゃんが太い腕を出した。

「ああ、大丈夫ですよ。こんなときこそ便利な聖魔法です。疑似生命――菜箸、ぐるぐる回してね」

またしても魔法陣が足元で輝き、星屑が菜箸に吸い込まれていく。

菜箸が命を吹き込まれたかのようにひとりでに動き始めた。ものすごいスピードでコカトリスの卵をかき混ぜる。透明人間が菜箸を操っているような光景は奇妙だった。

「楽ちんですね」

満足げにうなずいたヒルネからは断続的に星屑が出ている。

おばちゃんもジャンヌも開いた口が塞がらない。聖魔法を菜箸にかける聖女など、古今東西聞いたことがなかった。

卵を混ぜ終わり、聖魔法を切って菜箸を取った。さらにお玉で適量をお椀に入れる。

フライパンが適温になるまで待って、油を引いた。

（火は薪か。原始的だね。温度調節が細かくできないのか……気をつけないと）

薪のコンロにはつまみがついており、動かせば空気の出入りを調節できる。ある程度の調節は可能みたいだが、電気コンロのような微細な調整はできないみたいだった。

「ヒルネちゃん、大丈夫かね。心配になってきたよ」

「私もです」

キッチンが高いため、ヒルネは台に乗ってフライパンを持っている。

頃合いを見計らってお椀に入った卵を投入した。

じゅわ、と音が鳴り、ヒルネが手際よく菜箸を動かしていく。

いつもの眠そうで気だるげな動きとは打って変わって、機敏であった。

「おお、こりゃすごいよ！」

「魔法みたいですっ」

おばちゃんとジャンヌが、フライパンの柄をぽんぽん叩いて卵をオムレツに仕上げていくヒルネを見つめた。初めて見る調理法に、おばちゃんの目が輝いている。

（オムレツ、オムレツ）

前世では毎週金曜日に売り出される格安の卵をゲットし、よくオムレツを作っていた。ブラック企業に入ってからは自炊もほとんどしていなかったな、とヒルネは思い出し、日本にいた自分がずいぶん昔に感じるなぁと考えつつフライパンを操った。

身体が小さいので調理しづらいが、どうにか形になってくれる。

「できました」

そう言って、ヒルネが皿にオムレツを移した。

黄色い楕円形の卵から湯気が上がり、見た目だけで美味しいとわかる。

「塩をかけて食べましょう。胡椒《こしょう》があればよかったんですけど香辛料は高級品ですからね」

そう言いつつ、ヒルネがキッチンにあった塩をかけて、おばちゃん、ジャンヌにスプーンを渡した。

「いいのかい？」

「いいんですか？」

おばちゃんとジャンヌは聞きながらも食べる気満々でスプーンを構えている。ヒルネは楽しそうにうなずいた。

「食べましょう。みんなで食べると美味しいです」

早速、スプーンをオムレツに差し入れた。

（ふわっとしてる。ふわっとしてる～）

とろりと半熟卵がこぼれてくる。

口の中に入れた。

（あ～、これだよ～、美味しいよー、卵のやさしい味がする。コカトリスの卵って濃厚だねぇ。ミルクが混ざってるみたいな味がする。たまらない。美味しい）

ぱくぱくとスプーンを動かして食べるヒルネ。

おばちゃん、ジャンヌも一口食べて、顔をほころばせた。

「こりゃあ世紀の発明だよ。美味しいねぇ」

「はい。とろっとして美味しいですぅ」

「あたしゃとろーりが少ないとこが好きだよ」

「私は多いところが好きですぅ」

おばちゃんとジャンヌが楽しそうに意見を言い合う。

どれくらい焼くかはお好みだ。

「そうだ。聖女見習いと、聖職者、メイド、あと寄付してくださってるご近所さんにもおすそ分けしましょう。ジャンヌ、みんなを呼んできてくれますか？」

「はい、わかりました！」

ジャンヌが嬉しそうに駆けていく。

「料理長、たくさん作りましょう」

「ああ、教えてくれるかい？」

「もちろんです」

ニコニコと笑って、ヒルネが言った。

「そうだ。ちょっと待ってくださいね」

ヒルネが聖魔法を使い始め、おばちゃんが一歩下がった。

（疑似生命――菜箸を起点に起動――私のさっきの行動をトレース――オムレツ自動作成）

大きな魔法陣が展開され、星屑が人の形をかたどっていく。シェフっぽい帽子をかぶっているのはヒルネのイメージが影響しているのか……星屑シェフが恭しく一礼すると、菜箸を持ってオムレツを作り始めた。

「あ……あはは……あたしゃ夢見てるんかね……？」

星屑の集合体が勝手にフライパンを操ってオムレツを作っている様を見て、おばちゃんが顔を引きつらせた。

「女神さまのくださった聖魔法は万能ですね。さ、みんなの分を作りましょう。これなら百個以上作れそうです」

「あいよ。もう気にしないことにしたよ」

おばちゃんが星屑を断続的に出しているヒルネを見て、何かを悟ったのか、菜箸を握った。

○

オムレツは大人気であった。

西教会で休息していた聖女見習い、メイド、聖職者が美味しそうに食べ、ヒルネに感謝していた。やはりいつもの食事が簡素であるため、濃厚な味には皆敏感であった。

「ホリーさん、一緒にご近所へ行きましょう」

「仕方ないわね。今回ばかりは叱られてもいいわ。行きましょう」

食べないわ、と最後まで意地を張っていたが、一口オムレツを食べたら無言で食べ尽くしたホリーがおもむろにうなずいた。

ヒルネ、ホリー、ジャンヌは暇そうなお姉さんメイドたちを誘い、オムレツをご近所へ配った。

それはもう大変な喜びようで、住民たちはもらって歓喜し、食べて「美味しい」と叫び、聖女さま万歳、メフィスト星教に感謝を——と、涙ながらに礼を言った。聖女見習いヒルネ考案の卵料理というところが大変な付加価値になっているらしい。

「皆さんが喜んでくれてよかったですね」

（お母さんが死んじゃってから、一人でご飯食べてたからな……ほぼ毎日会社のデスクでカップラーメンだったし……みんなで食べるのって、なんだかとっても素敵なことに思えるよ）

ヒルネは過去の自分を思い出して教会の入り口で立ち止まり、空っぽになったお皿を持って、空を見上げた。

夕焼けが西教会に影を作っている。

影は遠くに伸びていた。

天国の母も喜んでいる気がし、女神ソフィアも褒めてくれている気がした。

想《おも》いを馳せるヒルネの横顔を見て、ジャンヌとホリーも足を止めた。

「ヒルネさま……」

「ホントあなたって……黙ってると聖女に見えるわね……」

やわらかい笑みを浮かべるヒルネの横顔に引き込まれ、二人はそんなことをつぶやくのであった。

11.

転生から一年が経過し、ヒルネは九歳になった。

「ジャンヌ、おはようございます」

「おはようございます、ヒルネさま」

十分かかってようやくヒルネを起こしたジャンヌが、まじまじとヒルネを見つめた。

一年が経って、ヒルネの美貌に磨きがかかっている。子どもは一年で思いのほか成長し、気づけば大人っぽくなるものだ。

「ヒルネさまが美人になっていくので、私、心配です」

「何が心配なんです？」

「誰かに連れ去られないかです」

本気で思っているのかジャンヌが両手を胸に当てて、鳶色の瞳に力を込める。

ヒルネは見た目だけで言えば美少女である。女神に近い見た目が与える影響も大きなもので、聖女フリークの間では知らない者がいない存在であった。

「大丈夫ですよ。私を連れ去ったところでずっと寝ているだけですから。それよりも心配なのは、布団のお布施がいつまでもないことです。これは由々しき事態ですよ、ジャンヌ」

中身は変わらず残念なままである。

（転生して一年……相変わらず眠い……）

ヒルネは目をこすって大きく伸びをした。

さらりと絹糸のような金髪が肩からこぼれる。

「これを独り占めできるのは……素敵なことだよね」

ジャンヌが無防備なヒルネを見て、何かを確信したのか学者のようにうなずいた。

「どうしました、ジャンヌ？　仕事をサボって一緒に寝ますか？」

「とんでもないことを言わないでください」

ジャンヌがあわてて首を振った。

ヒルネは眠い眠いと言いながらも、一度も仕事をサボったことはない。規則破りはしょっちゅうだったが、聖女見習いの役割はこなしている。その重要性にも気づいていた。

ちなみに、千枚廊下の掃除もだいぶ手慣れた。自分をモップの魔術師と呼んでいる。教育係ワンダの心配は増すばかりだ。

「ヒルネさま、今日から治療院でのお仕事ですね。大丈夫そうですか？」

「ええ、大丈夫です。聖句も覚えたし、ホリーに診断のやり方も教わりました」

「頑張ってください。メイドの仕事を終わらせて見に行きます」

「待ってますね」

聖女見習いが治癒の聖魔法を習得すると、治療院に派遣される。

聖女になるための修行の一環だ。

聖女見習いの治療は毎週土曜、この世界で言う〝宝玉の日〟に行われる。

一般職の国民が通常の治癒よりも安価に聖魔法を受けられ、聖女見習いは練習になる。お互いに利益のある内容だ。ただ、安いといっても国民の平均給料一ヵ月分はかかるため、皆よほどの怪我《けが》や病気がないと来院しない。それでも人気があるのは、この世界に魔物の存在があるためだった。

「もうちょっとお布施を安くしてもいいと思うんですけどね」

「メフィスト星教もお金がないので大変みたいです。難しいですよね……」

ヒルネの言葉に、ジャンヌが真面目に答えた。

超人メイドになりつつあるジャンヌは、加護による運動量と運動能力で空き時間を作っている。

教育係ワンダがジャンヌにも注目し始め、ここ二ヵ月ほど政治経済の勉強をジャンヌに施していた。このまま成長すると、疲れ知らず、アスリート並みの身体能力、政治と経済にも精通した完璧メイドが爆誕しそうであった。

メイドの間でジャンヌは有望株だ。

この調子ならヒルネが聖女になった際、側付《そばづ》きになるのは確定だろう。

「南方への支援は無償ですからね。お金がなくなるのは仕方のないことですか」

ヒルネが眠そうに言った。

「そうですね」

時間になり、二人は食堂で朝ごはんを食べて、別々の持ち場へ向かった。

○

メフィスト星教の治療院は西教会敷地《しきち》内の端に建っている。

作りとしては礼拝堂を小さくしたイメージだ。

白亜の建物はシンプルで、装飾が少ない。清潔感を意識したためであろう。

「ホリー、怪我の重さによって聖魔法を使い分ければいいんですよね？」

開院時間前、ヒルネがホリーを呼び止めた。

「そうよ。聖句を忘れずにね。あなたが省略するとみんなびっくりしてしまうわ」

「うーん、聖句って必要ありますかね？　治った結果があればいいような気がしますけど」

「聖句を唱える途中経過も大事なの」

九歳になったホリーも少しずつ成長している。

水色髪には艶があり、整った顔立ちがはっきりしてきた。大きな吊《つ》り目が特徴的だ。

物言いが大人っぽいのも頭の良さを表している。

「近いうちに私とあなたは聖女になるわ。審査官が来るでしょう」

「そうなんですか？」

「そうよ。私たち、優秀だから」

「へえ。大聖女へ近づいてきましたね」

そうこうしているうちに、教育係ワンダが治療院に入ってきた。

治癒魔法の使える聖女見習いが十人、一列に並んだ。

「本日は宝玉の日――あなたたちには治癒の実践訓練を行ってもらいます。決して無理はしないこと。自分の手に負えない患者は即座に私か司祭さまを呼びなさい。魔力が切れそうになったら、患者が待っていても私を呼びなさい。いいですね」

「はい」

「――はい」

一斉に十人が返事をした。ヒルネだけワンテンポ遅い。

いつものことなので誰も気にせず、指示された持ち場へと向かう。

簡単なパーテーションで区切られ、各スペースに椅子が二脚ずつ置いてある。座っていれば患者が案内される流れだ。

開院の時間になり、次々に患者が入ってくる。

ワンダは少女たちの実力に応じた患者を振り分けるので、全員が無理なく聖魔法で治療していく。骨が折れていたり、捻挫していたりなど外的要因の患者が多い。ほとんどが成人男性だ。

（捻挫一つでも働けなくなってお金が入ってこなくなるからね、死活問題だよね。それなら魔法で治したほうが効率はいいか……）

眠そうな目で魔法を使い、ヒルネが目の前の患者を治した。

聖句を唱えるのをすっかり忘れている。

「あ……ありがとうございます。あれ、歯が痛いのも治ってる」

「虫歯も治しておきましたよ」

にっこりと笑って言うヒルネ。

先ほど診断して見つけたのだ。

「虫歯があったら安眠できません。寝不足になったら大変ですからね。寝不足がすべての敵です。お大事に」

「ありがとうございます」

大工らしき男性が嬉しそうに一礼して去っていった。

そんな調子で三十名ほど治療すると、教育係ワンダがヒルネの肩を叩いた。

「ヒルネ、大丈夫ですか？　疲れたら言いなさい」

「ワンダさま？　まだ疲れていませんよ。強いて言えば眠いです」

「それはいつもでしょう」

ワンダが心配そうにヒルネの全身を見つめ、聖句を唱えてヒルネの額に触れた。

「……魔力はまだある……おかしいわ……短時間で三十名も患者を見ているのに……」

「人より疲れないのかもしれません」

「女神さまの加護があるのかもしれないわね……あなたは逸材だわ」

「女神さまに感謝しないといけませんね」

ヒルネが嬉しそうに治療院に設置されている女神ソフィアの銅像を見上げた。

「念のため、次の一人を治療したら休憩にしましょう」

「わかりました。寝てもいいですか？」

「……私のところにあとで来なさい。椅子を並べてあげるわ」

「はぁい」

（お昼寝できる。嬉しい）

笑顔で返事をして、ヒルネは速攻で次の人を治すべく両手を構えた。

「こらこら、きちんと対応なさい」

ワンダがぽんとヒルネの肩を叩いて、次の患者を呼んできた。

他のブースでも聖魔法が唱えられ、魔法陣がいくつも輝いている。ホリーも頑張っているようだ。

「聖女見習いさま、お願いいたします……あれ、ヒルネちゃんかい？」

「あっ。寝具店ヴァルハラの店主さまではありませんか」

やってきたのは王都で有名な寝具店の店主、トーマスであった。

12.

寝具店ヴァルハラの店主は、七三分けをしたダンディな四十代男性である。

庶民向け寝具を取り扱っているので、店の大きさとしては中型店といったところだ。大商家と比べると遥《はる》かに小さい。それでも、庶民がほぼ知っている店というのだから、人気ぶりがうかがえる。

「ヒルネちゃん、いや、ヒルネさま、私の腕を見てもらえますか？」

「た、大変です。トーマスさんの大切な腕が真っ赤に腫れています。この世の終わり……安眠の終わりです……」

ヒルネが眠そうな目をめずらしく大きく開き、右往左往し始めた。

トーマスは苦笑して腕を隠し、口を開いた。

「棚卸しをしていたら二階から落ちてしまってね。腕に体重が乗って……うっ……」

やせ我慢をしていたトーマスが顔をしかめた。

ヒルネにとってトーマスは超重要人物である。

何度も教会を抜け出し、庶民のふりをしてお金もないのに寝具店ヴァルハラに足を運んでいたのだ。金髪碧眼、見た目が目立つのでいつしか覚えられ、トーマスからはヒルネちゃんと呼ばれるに至っている。王都巡回でヒルネを聖女候補と知ったときのトーマスの驚愕《きょうがく》ぶりはすごかった。

そんなことがありつつも、ヒルネちゃんと気軽に呼んでいるのは、自分の娘が同い年だからであろうか。

実はトーマス、かなりの寄付を西教会ヒルネあてにしている。

ヒルネはいつ現金でなく布団でもらえるのかワクワクしているのだが、いまだにその日は訪れていない。

ヒルネが気を取り直したのか、細い腕を前へ出した。

「トーマスさん、手を」

「わかりました」

さすがに丁寧口調で手を差し出すトーマス。

ヒルネが手に触れ、目を閉じた。

（生命探知魔法……腕が複雑骨折、足も捻挫してますね。トーマスさんに何かあればこの国の庶民は寝不足になってしまいます。気合いを入れましょう）

ヒルネが目を開け、魔力を練った。

聖句は省略して一気に聖魔法を構築する。

ヒルネの足元から直径五十メートルほどの魔法陣が展開され、星屑が奔流のように溢れ出した。

「なっ！　これは――まぶしい」

全身を星屑に包まれ、トーマスがまぶしさに耐えられず目を閉じた。

周囲から「きゃあ」「なに⁉」などの聖女見習いたちの声が漏れる。

ヒルネの魔法陣と星屑が他の患者にも入り込んでしまった。ヒルネが気合いを入れすぎた結果、普通の治癒魔法が、広範囲の治癒魔法になってしまった。

やがて魔法がおさまり、もう治っただろうとヒルネが魔法を切った。

魔法陣が消え、星屑が歌うようにシャラシャラと音を立てて治療院の天井へと消えていった。

「……ヒルネちゃん？　これは、その……あれ？　腕が痛くない。足もだ」

「いっぱい祈りましたよ、トーマスさん」

「おおっ……やはり君は聖女だったんだね……なんて神々しい……」

消えゆく星屑の残滓《ざんし》を背にしてニコニコと笑っているヒルネを見て、トーマスが感嘆のため息を漏らした。

「貴重な聖魔法を使っていただき、ありがとうございました。ヒルネちゃんは将来素晴らしい聖女さまになれるね」

「そうですかね？　あまり実感がないんですけど……そうだったら嬉しいです」

眠たげに長いまつ毛を開閉するヒルネ。

何事かと様子を見に来たホリーが、パーテーションの脇から顔を出した。

「ちょっとヒルネ、あなた魔法が強すぎるわよ」

「すみません。どうしても治してあげたくって、気合いを入れすぎました」

「そういうことならいいけど……ワンダさまには言っておくから、その方をお帰しして」

「うん。ありがとうございます」

ホリーが首を引っ込めて治療院の奥へ向かった。

誰もいなくなったのを見計らって、ヒルネが口を開いた。

（今から休憩……こんなチャンスないよね……。よし、初めてのお願いをしちゃおう！）

「あのトーマスさま？」

「さまなんて付けなくていいよ、ヒルネちゃん」

ヒルネがトーマスを上目遣いで見た。

「トーマスさん、あの……一つお願いがあるんですけど」

「どうしたんだい？」

「私、これから休憩なんです。もしよかったら、トーマスさんのお店にある、ピヨリィの羽根で作った新作のお布団でお昼寝させてもらえませんか？」

ヒルネの切実な願いである。

輝く星海の瞳で上目遣いをされ、それをうるませているヒルネに見つめられ、トーマスはとてもじゃないがイヤとは言えなかった。むしろ何としても願いを叶えてあげたくなる。

「もちろんいいよ。誰かに言わなくて大丈夫かい？」

「平気です。今すぐ行きましょう」

「そうかい。帰りも私が送るからね」

「はいっ！　ありがとうございます！」

大きな瞳をくしゃりと横にして、ヒルネが満面の笑みを浮かべた。

トーマスは「こりゃあ泣かされる男女が今後もたくさん出るぞぉ」とつぶやきながら、念のため入り口にいる司祭の男性に断りを入れ、ヒルネを自分の店へ連れていった。

（んふふ……ふかふかの布団でお昼寝だよ）

ヒルネは笑みが止まらなかった。

寝具店は西教会から徒歩十分のところにある。

店には人で賑わっていた。

「旦那さま！　腕が治ってる！」

丁稚《でっち》の少年がトーマスを見て飛び上がり、「旦那さまの腕が治ってます！」と叫びながら店の中に駆けていった。

「騒がしくてごめんね。ヒルネちゃん、裏口から入りなさい」

「わかりました」

トーマスに言われ、勝手知ったるといった具合で裏口から店の裏庭へ入った。

時刻は午前十一時になろうとしている。日の光が温かい。

（店の裏が母屋で……縁側っぽく庭と室内がつながってるんだよね。最高の家だよ。できれば縁側のちょっと奥付近に布団を敷いてもらいたいな）

トーマスが指示を出したのか、従業員の女性が縁側の奥に布団を敷いた。ちょうど枕が日陰になっている。さすが寝具店の店主、わかっていた。

トーマスの妻、ナターシャが母屋から出てきて、ヒルネを見て嬉しそうに一礼した。

ふくよかで安眠効果がありそうなご婦人だ。

「こんにちは、ヒルネちゃん」

「ナターシャさんこんにちは」

すっかり顔なじみになっているヒルネ。

ナターシャは笑顔で挨拶をするヒルネを見てまぶしそうに目を細め、従業員の敷いた掛け布団をそっと持ち上げた。聖女見習いが昼寝をしにくるなど、どこの家でもないことだろうが、信心深いナターシャはありがたい気持ちでいっぱいらしい。

「ヒルネちゃん。何時に起こせばいいかしら？」

「いまお昼休みなので、一時くらいでいいと思います」

寝ることになると大味になるヒルネ。完全に時間オーバーだった。

いそいそと布団に滑り込む。

ナターシャがふわりと掛け布団をかけてくれた。

ヒルネは布団に顔をうずめて、太陽の匂いを吸い込んだ。

（ピヨリィの羽根で作った布団……軽くて気持ちいい……手触りもなめらかだよ。中の素材がピヨリィ30％、他の羽毛が70％って聞いたけど、これ１００％だったらすごい軽いんじゃないかな？）

ピヨリィは魔物の一種で、浮遊魔法が羽に付与されている。

羽根は驚くほど軽い。

（あったかくて日差しもぽかぽかで……お店の喧騒《けんそう》が……遠くに聞こえて……）

「…………すぅ……」

ナターシャは十秒ほどで寝息を立て始めたヒルネを見て、笑みをこぼした。

「居眠り姫さん、なんて可愛い寝顔かしら……」

ナターシャはしばらくヒルネの寝顔を眺め、従業員たちに決して母屋へ入らないように厳命した。

ヒルネは串焼きを食べる夢でも見ているのか、むにゃむにゃと口を動かしていた。

○

ヒルネがトーマスと寝具店に行ってから一時間、昼休憩の時間になった。

教育係ワンダは一人治療したら来るはずのヒルネが来ないことを不審に思い、持ち場へ顔を出した。先ほどまで上司の司教から仕事を振られ、現場監督は別の教育係にまかせていた。

「あの子、椅子に座ったまま寝てるわね」

そんなことをつぶやきながら、ワンダが顔を覗かせた。

しかし、ヒルネの持ち場には誰もいない。

するとホリーが走ってきた。

「ワンダさま、あの、ヒルネがいないんです。どこかで寝てると思って捜してるんですけど見つからなくて――」

「なんですって?」

ワンダはさっと血の気が引いた。

常にぽわっとしているヒルネが拐《さら》われたのかと最悪のケースが頭をよぎる。

だが、衛兵もいるし、一つしかない入り口には目端の利く司祭もいる。間違いは起きないと思い直す。

「ホリー、私が捜してきます。あなたは気にせず業務にあたりなさい。お昼も食べていないんでしょう？」

「で、でも」

ホリーも同じく、ヒルネが拐われたのではないかと不安になっていた。

ヒルネを連れていくのは簡単だ。寝ているところを抱えればいいだけである。

ワンダはシャープな瞳に力を込め、強く首肯した。

「私にまかせなさい。いいわね？」

「……わかりました」

ホリーがうなずくのを見て、ワンダは治療院の入り口にいる司祭に話を聞いた。

「寝具店ヴァルハラの店主、トーマスの店に行くと言っておりましたよ？　ワンダさまもご存知だとヒルネさまが仰《おっしゃ》っていたので……」

「ああ、よかったわ」

ワンダは安堵のため息をついた。

思わずへたりこみそうになる。

ヒルネはメフィスト星教の宝だ。大司教ゼキュートスも常にヒルネを気にしている。そして何より、ヒルネの存在が愛おしい。誰も見ていない、誰も見ることのできない世界を、ヒルネは見ているような気がし、歴史に残る大聖女になるとワンダは思っている。

「まったく……どこまで心配かければ気が済むのかしらね」

ワンダは急いで寝具店ヴァルハラへと足を運んだ。

歩くこと十分、店にはひっきりなしに人が出入りしている。

長い髪を後ろに詰め、法衣を着ているワンダが入店すると、すぐに店主トーマスが出てきた。恭しく聖印を切り、頭を下げた。

「いかがされましたか？」

「ここにヒルネという聖女見習いが来ておりますか？」

「はい。母屋でお昼寝をされておいでです」

トーマスが白い歯を見せて笑顔になる。

「やっぱり……」

ワンダが安堵で肩を下げた。聖女見習いが人様の家で昼寝をするなど、西教会はじまって以来の出来事だ。

「大変ご迷惑をおかけいたしました。私が連れて帰ります」

「迷惑だなんてとんでもない。ヒルネさまがうちに来られるようになってから、大繁盛でございまして」

「そんなに頻繁に来ているのですか？」

「ええ。五分のときもあれば、二十分のときもありますね」

「あの子、教会を抜け出して寝具店に来ていたのね……」

トーマスの言葉にどう反応していいかわからない。

ワンダは母屋へ通され、縁側で幸せそうに眠っているヒルネを見た。

「……」

星空のような碧眼が閉じられ、長いまつ毛が目の下を隠している。

ピンク色の口はちょっと開いており、すう、すう、と寝息が響いていた。

ワンダはヒルネの頭をゆっくりと撫で、そっと布団から抱き上げた。背の高いワンダにとってヒルネは軽い。

「店主さま、ヒルネの面倒を見ていただき、ありがとうございました」

「いえいえ。面倒を見られているのは私のような気もしますよ。ヒルネさまがいると、不思議と仕事を頑張らないといけない気持ちになるんです」

トーマスの言わんとしていることが何となくわかり、ワンダも笑みを作った。

再度挨拶をして、あたたかいヒルネを抱いて、西教会へ戻る。

「ヒルネ、帰ったらお説教ですよ」

可愛い寝顔に向かって、ワンダが言った。

気持ちよさそうに寝ているヒルネはワンダの胸に顔をうずめ、法衣に顔をこすりつけた。むにゃむにゃ言っている。

「……こんなに安心して寝ていると……言うことも言えないわね。女神さま、子どもを躾《しつ》けるのは大変でございますね」

「……むにゃ……」

「いい夢でも見ているのかしら。困ったものね……」

ワンダはぼやきながらも微笑みが止まらず、ヒルネの頭を何度も撫でた。

13.

寝具店でお昼寝事件のあと、ヒルネはこってりしぼられた。

お説教一時間コースに、千枚廊下の掃除一週間だ。

(ワンダさんに言わなかったのは失敗だったなぁ……心配させちゃったよ)

あれから一週間が経ち、宝玉の日になった。

ヒルネは治療院の持ち場に座り、ぼんやりと高い天井を見上げている。天井には空の絵と、聖魔法を使う女神ソフィアが描かれていた。

「ヒルネ、今日は寝具店に行くんじゃないわよ」

ひょっこりと顔を出したホリーが水色髪を揺らし、じとっとした目線を向けた。

ヒルネは力強くうなずいた。

「大丈夫です。お説教が骨身にしみました」

「ほんとかしら。あなた、だいたいのことは寝たら忘れるでしょうに」

「それは否定できません」

「堂々と言わない」

ホリーがため息をついて、両手を腰に当てた。

「私、あなたがいなくて捜し回ったんだからね。次からは誰かに報告してから行ってちょうだいよ。いいわね？」

「わかりました」

「ん？　違うわね。外出は危ないからダメだわ。ヒルネを前にすると調子が狂うわね……とにかく、勝手に出歩くのは規則違反だからね」

ホリーの話を聞いていたら早速眠くなってきた。大きなあくびを一つする。

「それに、今日は本教会の司教さまがお見えになるのよ。ここでしっかり仕事をこなせば、聖女に昇格できる可能性が高いわ。わかってる？」

「あふっ……あ、そういえばそうでしたね……ふあぁっ……ふあ」

「おっきいあくびねぇ」

やれやれとホリーが肩をすくめ、持ち場へ戻っていった。

しばらくして、教育係ワンダが号令をし、患者が入ってきた。

ヒルネは次々と治癒させていく。

（あれ、誰かに見られてる？）

十人目に聖魔法を使ったところで、視線を感じ、その方向へ目を向けると、司祭よりも豪華な法衣を着た司教がヒルネをじっと見つめていた。どうやら審査官らしい。

（司教だと、大司教ゼキュートスさんよりも役職は下って感じか。自分の派閥じゃない人もいるから注意しろって言われているんだけど……あの人、ゼキュートスさんの味方ではなさそうだね）

審査するというよりは、粗を探しているように見える。

（まあ気にしても仕方ないか。はい、生命探知魔法――全身打撲だから強めに治癒をかけてっと――）

パッと魔法陣が光り輝き、星屑が患者に吸い込まれていく。

外壁の掃除人である患者は転落して怪我を負ってしまったらしい。

「ありがとうございます。ありがとうございます。噂のヒルネさまに看ていただいて感謝しかございません。末代まで語り種にさせていただきます」

「そうですか。どうせならすごい聖女だと言っておいてください」

「はい。そういたします」

ヒルネの無邪気な笑顔に、患者の男性からも笑みがこぼれ、来たときとはまったく違う軽い足取りで帰っていった。

次の患者も、ものの三分で完治。次の患者もだ。

あまりの手際の良さに審査官の司教は驚きを隠せないらしく、動きが固まっている。

何人か治療したところで、司教がヒルネにあてがわれる患者の流れを止め、話しかけてきた。

「君がヒルネだな？」

「はい。銀髪が素敵なおじさま。あなたのお名前はなんですか？」

確かに司教は美しい髪をしている。年齢は三十代後半か四十代であろうか。

ヒルネがまったく気負っていないので、司教は面食らい、何度か咳払いをして口を開いた。

「私はママミラン司教だ。ヒルネ、君は聖句を省略しているが、いつからできるようになったのだ？」

「最初からできました」

ぼんやりした瞳でママミラン司教を見上げるヒルネ。

「そうか……噂で聞くよりも……素晴らしい聖魔法だな」

「ありがとうございます。女神さまに感謝しております」

「よい心がけだ。感謝を忘れないように」

「はい」

「それで、ヒルネは孤児であったな。どうだ、親がほしくはないか」

「どうでしょうか？」

ヒルネは天井を見上げた。

（う～ん、考えたこともなかった。前世だとお父さんは早くに死んじゃって覚えてないし、新しいお母さんができたとして、私が今日から母親です、って言われてもなぁ……。それに、こっちの世界のお母さんは、女神さまって感じがするんだよね。不思議な空間で抱き合ったときすごくあったかかったもんね）

うんうんと唸っていると、ママミラン司教が一歩近づいた。

「私の養子にならないか？　確かな後ろ盾があったほうがヒルネのためになる」

「司教の養子に？」

「そうだ」

ママミラン司教は本気で言っているみたいだ。

どうやらヒルネの姿を実際に見て、胸打たれるものがあったみたいだ。

星海のようにキラキラしている碧眼を司教に向け、ヒルネがパチパチと何度もまばたきをする。

純粋な目で見られ、ママミラン司教はなぜか罪悪感を覚えた。何も知らない子どもを騙《だま》している気分になってくる。

「ヒルネにこんなことを話してもわからないかもしれないが……君の後見人である大司教ゼキュートスさまと、私は違う派閥なんだ。私は大司教ザパンさまの下にいる人間でね、君をこちらに取り込むようにと頼まれて来たんだ」

気づけば本音が口からこぼれ出てしまっていた。

「えっと、後見人を変えるってことですか？」

ヒルネが首をかしげた。

ママミラン司教が首を横に振る。

「いや、そうではない。後見人は制約があるから簡単に切れるものではないんだ。だから、別の繫《つな》がり……養子にして君と私たちの繫がりを強めたいと思っている」

ヒルネの知らないところで、教会内の政治的な動きが活発になっているらしい。

（そういうことか……うーん、この人の養子かぁ……）

銀髪が美しい、初めて話す男性を見上げる。

ヒルネのまっすぐな視線にママミラン司教はたじろいだ。彼も様々な修行を終え、海千山千の教会内の者らと渡り合い、出世した胆力の持ち主だ。だが、ヒルネの前では無意味だった。純粋さの塊であるヒルネと相対していると、自分が矮小《わいしょう》な存在に思えてしまう。

「ゼキュートスさまに申し訳がないので、お断りいたします」

ヒルネが丁寧に頭を下げた。

悪い人ではないと直感でわかるが、大司教ゼキュートスの厳《いか》つい顔が脳裏から離れない。

「そうか……」

憧れの人に振られたような、しょんぼりした声を出し、ママミラン司教が肩を落とした。

「初対面であるし……仕方がないな。今回の勧誘はこの辺にしておこう」

「はい。すみませんでした」

「うむ。では、身体に気をつけて。私のように誰かがまた君を誘いに来るだろう。困ったことがあればいつでも相談しなさい。本教会〝流星の間〟に私はいるからね。身の回りには十分に気をつけるように」

「わかりました。ありがとうございます」

ミイラ取りがミイラになるとはまさにこのことだろう。

ママミラン司教は養子にするきっかけを作りに来たのに、ヒルネのために何かできないかと考えてしまっている。もう養子などはどうでもよかった。彼女のためなら、喜んで身を引こうと思う。

しまいには「この子、のんびりしてるけど誰かに連れ去られないだろうか」と心配までしてしまっている。

ママミラン司教は満足そうにうなずいて、胸の前で聖印を切って、去っていった。

だが、何かを思い出したのか、戻ってきた。

「大事なことを忘れていた。君の聖女昇格は私からも推薦しておこう。水色髪のホリーも同様だ。君たちは素晴らしい聖女になる」

「ホリーと二人ですか？　嬉しいです」

ヒルネが笑顔でぺこりと頭を下げた。

「うむ」

ママミラン司教も笑ってうなずいた。

「君たちには本教会が期待をしている。最年少であるため、市中も大いに喜び賑わうだろう」

「最年少なんですね」

（大聖女に近づいてきたね。夢のごろごろライフに一歩前進……！）

ヒルネは三食昼寝付き仕事なしを夢見て、顔をにやけさせた。

ママミラン司教はそんなヒルネを見て表情を引き締めた。

「最後になるがヒルネとホリーの祈りを見ておこう。聖女へ推薦するには、審査官が自分の目で祈りの姿を見る決まりになっている」

「祈りですか？」

「そうだ」

○

急遽《きゅうきょ》、ヒルネとホリーが治療院で祈りを捧げることになった。

持ち場を終わらせているので問題はない。

（もう寝たいのに……聖魔法で寝ちゃおう）

「ヒルネ、大丈夫なの？　いびきをかかないでよね」

「たぶん大丈夫です」

「ひどかったら起こすからね」

ホリーが囁き、二人は女神像の前にひざまずいた。

「では、始めたまえ」

「はい」

「――はい」

ママミラン司教の言葉に、ホリーとヒルネがうなずいて、目を閉じた。

ホリーは優秀な少女であるので様になっている。聖女への祈りも真剣そのものだ。

一方ヒルネは――

（聖魔法……肉体操作――、固定化して……おやすみなさい）

流れるような聖魔法で祈りのポーズに身体を固定し、寝た。

高い天井の窓から光が差し込む。

特殊な床に刻まれた聖句の魔法陣から、キラキラと星屑が舞い始めた。

「……すぅ……すぅ……すすん……」

ヒルネの寝息が不規則になると、ホリーの眉がぴくりと動く。

それでも、傍《はた》から見ると二人は少女ながらも立派な聖女に見えた。星屑が魔力の多さを表し、誰もヒルネが居眠りしているなどと思わない。

ママミラン司教は将来を担う二人を見て、ゆっくりと聖印を切った。

少女たちを遣わしてくださった女神ソフィアに感謝の祈りを捧げる。

治療院に来た患者は女神像の前で祈る二人を見て、誰しもが頭を垂れ、何度も聖印を切っている。

「……すぅ……すぅ……」

(……ふかふか……ベッド……ジューシーなリンゴ……ジャンヌ……あーん……)

皆から注目されている中、ヒルネは祈りのポーズで居眠りをし、ジュエリーアップルをジャンヌに食べさせてもらう夢を見ていた。

14

ヒルネの治療院での働きを見たママミラン司教が、早速上司である大司教ザパンへ報告した。

それにより聖女昇格の会議が行われることになり、王都中央にある本教会に幹部たちが集まっていた。ヒルネの後見人でもあるゼキュートスもその中にいる。

「それでは聖女昇格可否会議を行います」

進行役の司祭が号令して、会議がはじまった。

○

さて、そんな重苦しい本教会のやり取りなど知らないヒルネは、渋るホリーの裾を引いていた。

治療院の翌日は魔力回復のために、軽い仕事のみになる。

時刻は午後三時だった。

「治療院でパン屋さんの店主とお知り合いになったんです。そのパン屋さんが、なんと、あの、見習いたちが噂している苺《いちご》パンを売っていると言うじゃありませんか」

「それでタダで食べさせてくれるって？　冗談はやめてよ」

「冗談ではありません。私が骨折と一緒に虫歯と頭痛も治してあげたら、向こうから言ってきたんですよ。ウチのパンをタダで食べさせてあげるって――」

「だとしても、また無断外出になるでしょうが」

ホリーが生真面目に言って、ヒルネが握る裾を引っ張った。

自分の手から裾が離れ、ヒルネはホリーを逃すまいと飛びついた。

「捕まえた」

「ちょっとヒルネ――」

「私は知っています。ホリーさんが食いしん坊だということを……！」

「そ、そんなことありませんっ。敬虔な聖女見習いが食い意地が張っているなんて、あ……あるわけないでしょう」

ヒルネが上目遣いに見てくるので、ぷいとホリーが顔を横へ向けた。

「こっそり行って、こっそり帰ってくれば平気ですよ」

「あなたこの前、叱られたばかりじゃないの」

「ワンダさんに心配をかけないため、パン屋さんが迎えに来る手はずになっています。ジャンヌは祭典の準備で抜けられないので、おみやげをあげましょう」

「私は行くって一言も言ってないわよ？」

ホリーがヒルネを引き剝がし、一歩下がった。

ヒルネに見つめられるとノーと言えなくなる。ヒルネ対策だ。

「苺パンは……甘くて……ふわふわで……口に入れると苺の香りがいっぱいに広がるんですって……夢みたいです……食べたいですねぇ……」

「……」

思わずツバを飲み込んでしまうホリー。

聖女見習いの食事は質素だ。ジュエリーアップルも最近実をつけなくなって、甘味に飢えていた。

ヒルネが何かに気づいたのか部屋の窓から顔を出し、手を振った。

「ホリーさん。パン屋さんが来ました。行きましょう」

「……ほんっとうにしょうがないわね。別に行きたくはないけど、あなたが心配だからついていってあげるわ。あーあー、私ってお人好しよね」

自分に言い聞かせるように肩をすくめ、ホリーがヒルネを見る。

「楽しみですね！」

瞳を輝かせているヒルネに見つめられ、ホリーが顔を赤くした。

「……別に、仕方なくよ……」

「さあ、行きましょう」

「あっ。ちょっと引っ張らないでよ。ヒルネっ、もう……！」

（たくさん食べて幸せな気持ちでお昼寝しよう！）

ホリーの手を引きながら、ヒルネは笑みが止まらなかった。

○

パン屋の店主は安全を考え、馬車を呼んでいた。

ヒルネたちが乗り込むと五分ほどで到着する。馬車は決して安くはない。いかに店主が恩を感じているかがうかがえる。

「ヒルネさま、ホリーさま、こちらです」

店主は二十代の女性であった。

清潔なエプロンにキャスケットをかぶり、頬にはそばかすが散っている。鼻がつんと伸びているのが、機敏そうな印象を抱かせた。

パン屋の名前は『ピピィのパン屋』だ。

近所で人気の店は、ピピィパン、という愛称で親しまれていた。

店主の名前から取っている。

「裏口からお入りくださいね」

嬉しそうにピピィが二人をうながした。

ヒルネは堂々と、ホリーは初めてパン屋の裏側を見たのか、ドアをくぐって興味深そうに首を動かしている。

中には大きな窯と、寝かせているパン生地が木の板にたくさんのっていた。

今も何かを焼いているのか窯からは炎が見えていた。工房を進むと店内だ。パンを買いに来た客がいる。

(はあ～っ。パンの甘い匂い……たまらん……)

ヒルネは工房へ戻り、逃してなるものかとスーハースーハー鼻で息を吸った。

「ロールパン、食パン、フルーツパン、クロワッサンはないんだ……ああっ。噂の……、ホリーさん、これを見てくださいっ」

「こ、これは……ッ！」

ヒルネとホリーは焼きたてであろう、ピンク色をしたパンを見つけた。

香ばしい焼き具合が星屑と見紛《みまが》うばかりの光を反射させており、苺の甘い香りを周囲に漂わせていた。

（これは絶対に美味しいやつ……間違いない！）

ヒルネは興奮して、笑顔を向けているピピィを見上げた。

「こちらが当店一番人気、個数限定の苺パンです」

「おお……おおおっ……」

（贅沢品《ぜいたく》は前世でもほとんど食べたことがない……すごい……本当にタダでもらっていいのかな。さすがに悪い気がしてきた……）

ヒルネは苺パンを目の当たりにして、申し訳ない気持ちになってきた。

目は何よりも雄弁だ。

眉を寄せ、それでも瞳を輝かせているヒルネに見られ、店主ピピィは気持ちを察して胸がキュンと締め付けられた。

「ヒルネさま、食べていいんですよ。手を洗ってください」

「本当にいいんでしょうか？　やはりお金を払わないのは気が引けます」

「私の気持ちです。頭痛と歯痛がなくなって、仕事がいつもよりはかどるんです」

ピピィは自然とヒルネの頭に手をのせて、ゆっくり撫でた。

「ピピィさん、ありがとうございます」

ヒルネは笑顔を作って水場で手を洗い、苺パンを手に取った。

そこで、一人忘れている人物を思い出した。

「ホリーさん？　どうして固まっているのですか？」

ホリーの肩を叩くと、彼女はハッと我に返った。

「こんな可愛くて素敵なパンを食べられるのが夢みたいで……」

「ピピィさんに感謝ですね」

にっこりとヒルネが笑う。

ホリーがピピィへ丁寧に礼を言った。

「工房には椅子がないんだった……どうしようかな」

手を洗ってきたホリーを見て、店主ピピィがつぶやいた。

忙しく動き回るため、邪魔になる椅子は置いていない。

「立って食べますよ？」

「それはいけません。聖女見習いさまに立ち食いをさせたとなっては、家族に怒られてしまいます。あ、そうだ。店先にベンチがあるので、そちらで食べてください。食べ終わったら戻ってきてくださいね」

「わかりました」

「ありがとうございます」

ヒルネ、ホリーが礼を言って、店外に設置されているベンチに腰をかけた。

金髪碧眼の少女と、水色髪の少女が仲良さそうに苺パンを持ち、腰を下ろした。

「人がたくさんいるわね」

ホリーが言った。

商店街には人が行き交っている。

「そうですね。皆さんが幸せに過ごせるのも、いま頑張っている先輩聖女のおかげですね」

「たまにはいいこと言うじゃない」

そう言いながら、ホリーは何度も苺パンへ視線を落とす。

「食べましょう」

「ええ、そうしましょう」

ヒルネとホリーは同時のタイミングで苺パンにかじりついた。

「……！」

ヒルネは「んん～」と頬を押さえて足をぱたぱたさせ、ホリーは天に昇るような甘い表情を作った。

（あまーい、美味しーい。幸せだ～。パンがもふもふしてる。口の中で苺とミルクの味が混ざって……天国だ……）

ヒルネが頬をリスみたいにふくらませて苺パンを食べる。

ホリーも「んふふ」と頬を赤くさせて微笑みながら苺パンを頬張った。

やがて食べ終わると、二人は顔を見合わせた。

「美味しかったです！」

「すっごく美味しかったわ！」

「なんかもう、苺の匂いとふわふわに包まれて眠くなりました」

「そうなのよ。すごいのよ。苺なのにパンなのよ」

二人は感想を何度も言い合い、苺パンのいいところを語り尽くした。

やがて、お礼をしようという話になり、二人でパン屋を浄化する流れになった。

ホリーがベンチに座ったまま目を閉じ、聖句を唱え始める。

「聖なる星々が我らの地から不浄を洗い流すとき——」

魔法陣が展開されると、ヒルネも合わせて聖魔法を行使し、魔法陣を浮かび上がらせた。

聖句が刻まれ、白く発光する魔法陣が二重に重なり合い、二人の身体から星屑が舞う。

「な、なんだ？」「星屑？」「パン屋が光ってる！」

通行人が気づき始め、店の中からあわててピピィが飛び出してきた。

「これは——」

星屑が祝福するかのように躍りながらピピィのパン屋を包み込んでいく。

小さな少女二人から、次々に星屑が溢れ出てくる。

ピピィは棒立ちになってその光景に目を奪われた。

「聖女の祝福――うちの店に――」

多忙を極める聖女の浄化魔法は大金を積んでも受けられない。

商売人にとって店の浄化は奇跡であり、とてつもない幸運であった。

ピピィは帽子を取って、何度も何度も聖印を切る。

「なんて尊い――尊い――」

いつしか通行人が遠巻きに集まってきて頭を垂れていた。

（ピピィさん、美味しいパンを食べさせてくれてありがとう。ホリーさん、一緒にパンを食べてくれてありがとう。あなたのおかげでパンが百倍美味しかったです。女神さま、この世界の私は幸せです。皆さんとっても優しいんです――）

幸せな気分のヒルネに呼応するように、星屑が楽しそうに少女二人の周りで躍り、跳ねている。

ヒルネは美味しいパンの分だけ、感謝を祈り続けるのであった。

15.

ジャンヌへのおみやげを懐に忍ばせたヒルネは、満ち足りた気持ちで宿舎へ帰った。

（美味しかったなぁ……あとはお昼寝するだけだね）

帰りも馬車だ。

車内はパンの香りで充満している。

「ピピィさま、本当によろしいんですの？」

あれから苺パンを三つ食べたホリーが、馬車に積んであるパンの山を見て言った。

「はい。お二人に浄化魔法を使っていただいたんです。これくらいしかできず、申し訳ないぐらいです」

ピピィの感謝の仕方が尋常でなく、先ほどまで店で販売していたパンすべてを聖女見習いへ寄付すると言って、店員一人を連れてパンを積み込んだ。

御者がパンの香りを嗅いで「腹が減ってきたな」とつぶやいている。

そうこうしているうちに馬車が到着し、ピピィと店員の手でパンが西教会・聖女見習い宿舎へ運び込まれた。

ヒルネ、ホリー、ピピィ、店員一名が宿舎の食堂に到着すると、ちょうど休憩をしていたワンダが何事かと目を見開いた。

「ヒルネ、ホリー、これはどういうこと？　どこに行っていたの？　そちらの方は？」

「あっ……あのぅ……」

言いよどむホリーを尻目に、ヒルネが悪びれずワンダを見つめた。

「ピピィさんに苺パンを食べさせていただきました。あまりに美味しかったので、感謝の気持ちを込めてピピィさんのお店を二人で浄化したんです。そうしたらピピィさんが、今日の販売分のパンをすべて寄付してくださると、そう仰ってくださったんです」

ヒルネの目がキラキラしている。

これは叱るに叱れない。

事情はさっぱり飲み込めないが、エプロンをつけたそばかす顔の女性がテーブルにパンを並べている。とりあえず寄付してくれることは間違いないらしい。

ワンダはさっと立ち上がって聖印を切った。

「ピピィさま、パンを寄付してくださるとのこと……感謝申し上げます。女神ソフィアさまはあなたの善行をきっとご覧になっておいでです。ピピィさまと、経営されているお店に祝福があらんことを……」

「いえ、こんな寄付しかできなくてすみません。毎日パンを持ってきたいのですが生活があるもので……」

法衣を着た威厳あるワンダに言われ、かえってピピィが恐縮した。

「聖女見習いさまは五十名ほどとお聞きしております。一人で二、三個食べても大丈夫な量がありますので……あの、聖女さまもお一ついかがですか？」

ピピィがワンダへ苺パンを差し出した。

ワンダはまじまじとパンを見つめたあとに、こほんと咳払いをして、口を開いた。

「申し遅れました。私は教育係のワンダと申します。それでは……遠慮なく、いただきたいと存じます」

「はい！　どうぞどうぞ」

ワンダが聖印を再度切り、苺パンを受け取って、じっくりと眺めた。

「ワンダさま、美味しいんですよっ」

「そうなのです。苺パンが身体を包み込んでくれますわ」

ヒルネとホリーが駆け寄ってきて、興奮ぎみにワンダを見上げた。

子ども二人の目の輝きがまぶしい。

自分も昔はこうだった。世界が輝いて見えていたなと懐古し、ワンダは二人に微笑んだ。

「……」

お淑《しと》やかにワンダが苺パンをかじると、「まあ」と右手で口を押さえた。

「甘くて……苺の味が……美味しいです」

普段見られない驚いた顔に、ヒルネは嬉しくなってホリーとピピィと目を合わせ「よかったね」と笑い合った。いたずらが成功したような、そんな笑みだ。

その後、ワンダがピピィに詳しく事情を聞き、行き帰りが馬車であることから、ヒルネたちのおしおき千枚廊下掃除は一週間のところ、三日に減刑された。無断外出はやはり罰則対象であった。

ワンダ、苦渋の決断といった表情であった。

「今回はお手数をおかけいたしました。この子たちのために馬車まで手配していただいてしまい……後ほど、西教会からかかった費用をお送りいたします」

「とんでもないです！　そんな恐れ多い！　聖女見習いさまに来ていただくだけで名誉なことですから、馬車のお金など――」

「ですが――」

ホリーが二人のやり取りを申し訳なさそうに聞いている。

一方、ヒルネは椅子に座り、パンの香りで眠くなっていた。

（……お腹いっぱいで……眠くて……パンの匂いに包まれて……）

大人が話し合っているうちに、ヒルネはテーブルに突っ伏して寝てしまった。

早業である。

お腹いっぱいで眠るのは久々で、気持ちがよかった。

「あっ、ワンダさま。もうヒルネが寝てます」

「あら、本当ね。ちょっと目を離した隙に」

「……パンのおうち……えへへ……」

長いまつ毛を閉じて、むにゃむにゃと寝言を言うヒルネ。

ジャンヌへのおみやげである苺パンを懐に隠し、大事そうに両手で抱えている。

「しかも変な夢見てるし……」

ホリーがヒルネの頬をつついた。

「仕方ないわね。しばらく寝かせておきなさい」

「毛布を持ってきますね」

手慣れた様子でホリーが食堂を出ていった。

「可愛い寝顔ですねぇ」

パン屋のピピィが微笑みながら見下ろした。

ヒルネが白い頬をバラ色に染めているのは、苺パンをたくさん食べたからだろうか。

「そうなんです……ヒルネの寝顔を見ていると、叱るものも叱れなくなってしまって……」

ワンダがため息をついた。

ヒルネは幸せそうな顔で、すう、すうと寝息を立てていた。

16.

王都中心部に居を構えるメフィスト星教、本教会――

幹部である大司教三名、司教が十名、円卓を囲んでいた。

静謐な会議室には風、炎、土、水を象《かたど》った魔石が輝いており、防音の聖魔法を永続的に唱え続けていた。会議室の隅から星屑がゆるやかに舞っているのがその証左である。

「西教会に所属する聖女見習いヒルネとホリーを昇格し、聖女にする。異議のある者はいるか？」

大司教ゼキュートスが重々しく言葉を発した。

聖職者らしからぬ厳しい顔つきに、額の中ほどまで眉間のしわが伸びている。

一度彼を見たら忘れる者は少ないだろう。

「素行が悪いとの報告が上がっておりますが、それについての説明はございますか？」

ゼキュートスの向かい側に座る、大司教ザパンが顔を上げた。

大司教ザパンは肥満体型で、頭の毛をすべて剃《そ》っている。常に笑みを浮かべているため、目の端に深いしわができていた。ゼキュートスとは対照的な柔和な印象であった。

彼は女神神話に傾倒しており、経済への関心が非常に薄い。融通がきかない人物であるが、メフィスト星教の多岐にわたる儀礼約五千、すべてを諳《そら》んじることができ、指揮を執って差配できる才能の持ち主であった。本教会の綿密なスケジュールを熟知している。

部下たちは「儲《もう》けが出るから祭典をやりましょう」などとザパンの前では口が裂けても言えない。猛烈な怒りを買うことになる。

「ヒルネには我々と違う世界が見えている。居眠りが多いことは事実であるが、比類なき魔力の強さと持ち合わせている才能のせいで、人より疲労が溜まりやすい。私はそう解釈している」

ゼキュートスが仏頂面で答えた。

ザパンが理想主義者であるなら、ゼキュートスは現実主義者である。

メフィスト星教の財布は彼のおかげで破れずに済んでいると、内部事情に詳しい職員は知っていた。

どちらも欠かせない存在でありながら、互いの性質が真逆である。

二人が望んでいなくとも、自然と派閥ができてしまうのは当然だった。

ゼキュートス、ザパンの間を取り持つ、東の大聖女がいれば場の空気も違ったであろう。

「ママミラン司教もヒルネを推薦しているな？」

「はい」

ゼキュートスに話を振られた銀髪の司教、ママミランがうなずいた。

「ヒルネを一度見て、私も特別なものを感じました。早く聖女に昇格させ、経験を積ませるべきかと存じます」

ザパン派であるママミラン司教がはっきりと言ったので、場の雰囲気は一気に昇格へと変わった。

その後、ゼキュートスとザパンのやり取りが続いて、吉日に聖女昇格の儀を執り行う運びとなった。準備期間を要するため、早くとも数ヵ月後になる。

○

一日が終わり、ヒルネはジャンヌに身体を拭いてもらっていた。

立っているだけでさっぱりするのは楽ちんだ。

(できればお風呂に入りたいけどね……)

風呂は金がかかる。貴族の嗜《たしな》みだ。

(貴族からお金をもらう方法はないものかな？　まあ……お金をもらっても聖女は自分で使えないんだけどねぇ……聖女つらい。大聖女になって自分の教会をもらったら、お風呂付きにしよう)

そんなことをぼーっと考えているヒルネを、ジャンヌが手際よく丁寧に拭いていく。

一年やっているだけあって阿吽《あうん》の呼吸だ。

「……」

ジャンヌが身体から手ぬぐいを離して腕の方向へ持っていけば、ヒルネは無意識に腕を上げる。終われば逆の腕。腕が終わると背中——といった具合だ。

ジャンヌの目は真剣そのもので、宝玉を磨くように清めていく。

やがて身体を拭き終わり、ジャンヌに寝巻き用のワンピースを着せてもらっていると、廊下から走る音が聞こえてドアが勢いよく開いた。

「ヒルネ、いい知らせよ！」

普段はノックをするホリーが、興奮した様子で駆け込んできた。

ヒルネはワンピースに頭を通し、首の後ろへ両手を差し込んで、髪を服の内側から出した。

さらりと流れる金髪をジャンヌが素早く整えてくれる。

「まさか……」

「ええ、そのまさかよ」

ホリーの笑顔に、ヒルネは雷が落ちたような衝撃を受けた。

「ついに……お布団が寄付されたのですね？」

「……あなたにまともな返答を期待した私がバカだったわ……」

やれやれと首を振り、気を取り直してホリーがドアを閉めて近づいてくる。

「私とあなたが同時に聖女になるのよ。つい先ほど決定したの。食堂はその話題でもちきりよ？」

「聖女に……ホリーさんと。それはよかったです。嬉しいです」

「私もよ」

「まだ一緒にいれますね」

ヒルネが眠たげな目を細めて笑った。

飾らないヒルネの本心を受け止めて、ホリーはせわしなく肩をすくめた。

「うん、まあ、私はあなたのお守り役でしょうね。別に私が聖女になるのは当然だから」

「ホリーさん。今後もお守り役を、どうかよろしくお願いしますね」

屈託なく笑ってホリーの手を取るヒルネ。

ほっそりした指が絡まると、ヒルネはなぜか無性に嬉しくなった。

（ホリーには本当に感謝だよ。聖女の仲間がいるって素敵だよね。しかもこんなに可愛くていい子なんて……女神さま、ホリーと出逢《であ》わせてくれてありがとうございます）

ホリーは握られた手を何度か見下ろして、離すわけでもなく、斜め上を見上げた。心なしか頬が赤い。照れているみたいだった。

「仕方ないわね……そこまで頼むなら、今後もよろしくしてあげるわよ……」

「はい。そうしてください」

「……やっぱり調子狂うわねぇ」

「何か言いましたか?」

「なんでもない。気にしないで」

気恥ずかしくなってホリーがヒルネから手を離し、話題を変えるべく、にこにこと笑っているジャンヌを見た。

「ヒルネのメイドはあなたに決まりだそうよ、ジャンヌ。私たちと一緒に見習い卒業ね」

ホリーがぱちりとウインクをすると、ジャンヌが驚いた顔を作ってメイド服を握りしめた。

「本当……ですか？」

「ええ。あなたの働きは西教会の誰もが認めているわ。努力の人って、あなたを手本にしている見習いの子も多いのよ。知らなかった？」

「……」

ジャンヌはホリーの言葉が信じられないのか、ゆっくりとホリーを見つめ、鳶色の瞳をヒルネへ向けた。

満面の笑みを浮かべ、ヒルネがくしゃりと碧眼を細める。

ジャンヌが疲れにくくなり、身体能力が向上したのはヒルネの加護のおかげであるが、メイドの仕事を覚えたのは彼女の頑張りだった。ジャンヌはヒルネにふさわしい立派なメイドになるべく、先輩メイドやワンダに何度怒られてもめげず、あきらめなかった。常に仕事に前向きであったその姿勢が今では高く評価されている。

ジャンヌは聖女付きのメイドになるという自分の夢が叶って、胸に熱いものがこみ上げてきた。涙があふれ、瞳から大粒の雫《しずく》が落ちた。今まで何度も失敗してきたことを思い出した。

「う……嬉しいです……」

スカートの裾を握りしめ、ジャンヌはぎゅっと目を閉じた。閉じた瞳からも涙があふれてくる。

今までに感じたことのない喜びの感情が、ジャンヌの小さな身体を駆け回っていた。

「私……ヒルネさまを初めて見たとき、ずっとおそばにいたいと……思いました……。でも、すぐ疲れちゃう身体で……どうにか一生懸命頑張って……そのあとも、運動神経がないって言われて……そのときはもうヒルネさまと一緒に……ぐすん……一緒にいられないかと、わ、私、思って……」

途切れ途切れにジャンヌが胸の内を話す。

しゃべっていたら、思い出してしまったのか、また涙があふれてきた。

「でも……相談したら……ヒルネさまが治癒魔法を使ってくださって……ぐすん……全部、ヒルネさまの……お、お、おかげです……」

(ああ……ジャンヌ……)

誰よりも思いやりがあって優しいジャンヌが、ずっと頑張ってきたのをヒルネは知っている。

泣いているジャンヌを見ていたら、ヒルネは自然と両手が動いていた。

「また一緒ですね、ジャンヌ」

ヒルネがジャンヌを抱き寄せた。

ジャンヌの細い腰と背中をこれでもかとぎゅうと両手で抱いた。決して離すまいとヒルネは思う。

「ヒルネさまぁ……！」

ジャンヌがぼろぼろと泣きながらヒルネの肩に顔をうずめた。

「おめでとう、ジャンヌ」

ホリーがハンカチを出して涙を拭き、二人をまとめて抱きしめる。

ヒルネの部屋で三人が抱き合った。

こうしてまた一緒にいられることが何よりも嬉しく、お互いの体温を感じて、お互いがお互いをかけがえのない存在だと思う。

（二人と一緒にいれる……素敵だな……）

気づけばヒルネの目からも涙が流れていた。

涙は頬をつたい、ジャンヌの首筋に落ちる。

涙が跳ねると、星屑になって躍り、小さな粒子がジャンヌへ吸い込まれていった。

（どうかこの健気な子が、ずっと幸せでいられますように……）

ヒルネはジャンヌの幸福を願う。

そして次に自分たちを外側から抱きしめる、水色髪の少女のことを想う。

（しっかり者のホリーが、いつまでも幸せでいられますように……）

偶然なのか、流れる涙が、今度はホリーが回している手に落ちて跳ねた。

またしても涙が星屑になって、輝きの粒子がホリーへと吸い込まれていく。

ヒルネはジャンヌが泣き止むまで、小さな友人たちの幸せを祈り続けるのであった。

17.

聖女昇格の儀、当日。

ヒルネは早朝四時に起こされ、西教会の特別準備室へ連れていかれた。

（ジャンヌの起こし方が巧みになってきたよ。今起きたら新しい布団がもらえるかもって耳元で囁かれては……くっ、策士。……四時起きつらっ……ねむっ……眠い……）

「ふああぁぁああぁぁあぁぁぁぁっ」

特大のあくびをするヒルネ。

せっせと身を清めていたジャンヌがくすりと笑った。

「ヒルネさま、儀式の最中は寝ないでくださいね」

「うん……わかっていますよ」

ヒルネは眠たげに目をこすり、こくりとうなずいた。

信用度ゼロの肯定である。

それでもジャンヌはヒルネなら大丈夫だろうと信じているらしく、嬉しそうに手を動かしている。先日見習いから一人前のメイドへ昇格したジャンヌは誇らしげだ。周囲から認められ、自信がついたのだろう。

手際よく身体を拭き終わると、ジャンヌが聖女専用の服をクローゼットから取り出した。

様々なアイテムを机に並べ始める。

ジャンヌのポニーテールが忙しく右へ左へと動く。

ヒルネはそれを見ていたら、また眠くなってきた。

（人間メトロノーム？　五円玉でねむくなーる、って催眠術よく見るけど……ポニーテールのほうが効果ありそう……ねむい……）

ジャンヌを見つつ、ぼんやりと部屋に目を向けた。

質素でありながら、質の良い調度品が陳列されており、置いてあるソファがふかふかに見える。

今すぐにでもダイブしたかった。

（まだ終わらなそうだしなぁ……）

座っても即座に立たされるだけなので、ヒルネはあきらめた。

「では、ヒルネさま。これから聖女服をお召しになっていただきます。ご存知だとは思いますが聖女さまは皆さま違った形の服になっています。この服は、世界でただ一つ、ヒルネさま専用の聖女服です。ヒルネさまを慕う皆さまからの寄付金で作られた、唯一無二の服です」

ジャンヌが感極まったのか、目を潤ませた。

「ボン・ヘーゼル伯爵が金貨の他、素材を寄付してくださいました。王都に住む国民の皆さまからも多くのお金をいただき、完成したものです」

「……素敵な服ですね」

ヒルネはジャンヌが広げ持っている聖女服を見て、感嘆のため息を漏らした。

白を基調とした身体のラインが出る特殊なサープリス、女性用キャソックは清楚《せいそ》なスカートに似ていて膝上の丈。白いハイソックスには精緻な金の刺繍が施してある。大外套《だいがいとう》はヒルネに合わせた丈になっている。

すべての服に、女神ソフィアの愛した花、オーロラローズを模したレースの刺繍が入っていて、金髪碧眼のヒルネに似合う洗練された作りをしていた。

(可愛い……この身体なら似合いそうだね)

ヒルネはあらためて女神にもらった身体に感謝する。

ジャンヌはこくこくと何度もうなずき、ただし一つだけ問題がありますと言いたげに、キャソック――スカートの部分を指さした。

「キャソックには聖魔法を高める魔製糸が使われております。大変貴重なので……素材が足りないんだそうです。だから、丈が短いんです。ここだけが問題です」

「動きやすそうでいいではありませんか」

「ヒルネさまが居眠りをしたら中が見えてしまいます。要注意です。これから絶対に見えないように動きの訓練をしますので、よろしくお願いしますね」

とてもいい笑顔でジャンヌが言った。

並々ならぬ決意を感じる。

(おう……頑張りましょう……)

ヒルネは反射的にうなずいた。

「その他は完璧です。もう何度見てもため息が漏れる作りになっていますよ。ヒルネさま、ぜひ着てみてください。早く着ているところを見たいです」

「ええ。着てみたいです。安眠効果が高そうな服ですね。しわも付きづらそうなので、安心して居眠りできそうです」

「ヒルネさま？」

「いけない。心の声が漏れていたようです」

「マイペースな聖女さまですね」

ジャンヌが嬉しそうに聖女さま、と呼んだ。

ヒルネも呼ばれてから、ああ、見習いではなくなるんだな、と実感が湧いてくる。

ジャンヌが手際よく聖女服を着せていく。

魔力を上げるイヤリングなど、小物も装着して、完成となった。

ジャンヌが聖女服を着たヒルネを見て、声にならない声を上げて感動した。

「……とても似合っています。聖女さまです。どこからどう見ても、女神さまみたいな聖女さまです。素敵です。ヒルネさま素敵です」

「そうでしょうか？」

どれどれとヒルネが姿見に自分の身体を映した。

白を基調とした聖女服を着た、金髪碧眼の超絶美少女がそこにいた。

（誰……？　って私か。これはなんというか……聖女感ハンパねえ、という感じだね。伯爵さんとか街の皆さんに感謝しないと。こんな素敵な服を着れるなんて……日本にいたときはレンタル袴《はかま》ですら借りられなかったし……あ、考えてたら、なんか泣けてきたな……）

この世界で知り合った人々の顔が脳裏に浮かぶ。大司教ゼキュートス、ジャンヌ、ホリー、教育係ワンダ、伯爵、パン屋のピピィなど、転生して約二年、いい人たちと知り合えて幸せだった。

「ジャンヌ。いつも仲良くしてくれて、私の面倒を見てくれて、本当にありがとうございます」

ヒルネはジャンヌに頭を下げた。

「そんな！　私のほうこそ仲良くしてくださって、いつも優しくしてくださって、本当に本当にありがとうございます。ヒルネさま、大好きです」

「私もですよ、ジャンヌ」

二人は目を合わせ、笑い合った。

「それでは本教会礼拝堂に参りましょう。ホリーさんも待っていますよ」

「待ちくたびれていますね、きっと」

ヒルネはジャンヌに先導され、準備室を出た。

本教会礼拝堂の控室にホリーがいた。

彼女も白を基調とした聖女服を身にまとっており、水色の髪に合わせた刺繍が、大きな吊り目のホリーに似合っていた。

「ヒルネ、遅いじゃない」

そう言って振り返ったホリーは、聖女服を着たヒルネを見て驚いた。

「あなた、女神さまみたいね……見た目だけは」

「そうですか?」

「居眠りさえしなければ完璧なのに、中身を知っているからより残念に思えるわね」

「それは褒めてるんでしょうか?」

「褒め半分、あきらめ半分よ」

そう言いつつホリーは笑顔になり、ヒルネの手を取った。

「一緒に聖女になれるわね。これからみんなのために頑張りましょう」

「そうですね。全人類の安眠のため、私自身のごろごろ時間のため、頑張るとしましょう」

「ふふっ、そうね」

ホリーが笑って、ヒルネから手を離した。

「それよりも眠気は大丈夫なの?　ジャンヌ、平気かしら?」

ホリーに質問されて、ジャンヌが微妙な顔になった。

「昨日、早めに寝たのですが……たぶんダメだと思います。四時に起きたのはヒルネさまのメイドになってから初めてなので、なんとも言えませんけど……」

「まずいわね……」

ホリーとジャンヌが顔を見合わせて、ヒルネを見た。

当の本人は「ん？」と首をかしげている。半分寝ていて話を聞いていなかった。

（眠いっ……朝四時起きがボディブローのように効いてるよ……ボディブロー受けたことないけど）

ヒルネが目をこすりながら、あくびを噛み殺した。

「教皇の聖句を賜る時間だけはどうにか起きていてほしいわ。三十分間よね？」

「三十分……あの感じだと、もって五分かと……」

心配げに視線を向けられたヒルネは勝手にソファへ座り、全体重を預け、「ほわぁ」とため息を漏らしていた。そして、座って二秒で船を漕《こ》ぎ始める。確実に居眠りする案件であった。

「アレ、使うしかないわね」

「そうですね。アレをやってもらいましょう」

「私がヒルネに言うから安心してちょうだい」

「はい。陰で応援しております」

二人が言うアレとは、肉体操作の聖魔法だ。

重要な式典などではヒルネに必ず使うように言っている。眠気を我慢して頭をぐらぐらさせるより、固まって寝ていたほうがマシであるためだ。今のところ、二人だけの秘密だった。

「あと、〝試練の祈り〟が心配だわ。平気なのかしらね」

「心配で胸が張り裂けそうです」

ジャンヌが不安げな表情を作る。

試練の祈りとは、教皇から聖句を賜ったあと、飲まず食わずで祈り続ける時間を言う。

聖女昇格の儀でしか入れない特別な部屋で祈り続け、女神ソフィアにその思いが届くと聖なる光が全身から出て、晴れて聖女に昇格となる。聖女になると魔力が飛躍的に向上する。

「大丈夫だと思いますよ」

ヒルネが話を聞いていたのか、ソファに身体を預けきったまま言った。

「心配しかないわ」

「ヒルネさま、六時間も起きて祈れますか?」

（えっ…………六時間？？？）

ヒルネは初めて聞く情報に固まった。

「平均で六時間と言われているわ。長いと一日中祈り続けたりするの。途中であきらめると、もう二度と聖女にはなれないのよ？　だからワンダさんが毎日あれほど厳しくしてくださってるの」

「そ、そうなんですね……大丈夫、だと思います。うん」

急に不安になってくるヒルネ。

六時間とか聞いていない。

「今日を頑張って乗り越えましょう。そうすれば、聖女になれるわ」

ソファに座るヒルネの両肩に手を置いて、ホリーがうんとうなずいた。

（こうなったら……やるしかないね）

「祈っている最中は女神さまが私たちを見守ってくださるわ。先輩聖女さまに聞いたら、お腹もすかないし、喉も渇かないんですって。皆さん口をそろえて貴重な体験だったと言うわ」

「そうですか。少し気持ちが楽になってきました」

（何かあったら女神さまにお願いしよう。うん、そうしよう）

ヒルネは女神ソフィアの慈愛に満ち溢れた表情を思い出して、気を取り直した。

どのみちこのあと、試練が来るのだ。やるしかない。

「よし、絶対に聖女になりますよ」

（ごろごろスローライフのために……！）

ヒルネが気合いよろしく、拳を握った。

ジャンヌが「ヒルネさま、その調子です」と合いの手を入れる。

「大丈夫かしらね……」

ホリーは心配そうであった。

そうこうしているうちに、昇格の儀を執り行う司教が控室に入ってきた。

「ヒルネ、ホリー、礼拝堂へ参りましょう」

○

本教会礼拝堂はメフィスト星教の最重要施設だ。

王族婚礼の儀、年に一度の奉納祭など、王国にとっても重要な祭典が行われる場所である。そのため、足を踏み入れただけで空気が変わるほどの静謐さと、荘厳さを兼ね備えた場所であった。

数百年前の大聖女が討伐したと言われるエンシェントドラゴンの骨から削り出した女神像を御神体とし、床には幾重にも魔法陣が刻まれている。女神ソフィアともっとも近いと言われる場所でもあり、礼拝堂内では不規則に、キラリ、キラリと星屑が舞っていた。

(……とんでもない安眠スポットになりそうだね)

粛々と準備をしている聖職者の中で、そんなことを考えているのはヒルネだけだ。

礼拝堂には聖職者が多数、大司教ゼキュートス、大司教ザパンが聖書を持ち教皇の左右に立っている。

ヒルネ、ホリーが女神像の前にひざまずき、聖句を賜った。

(ホリーの助言どおり、寝ちゃおう)

教皇の長い聖句は肉体を固定して寝た。

あっという間に時間が過ぎ、聖歌隊による合唱、聖職者全員による聖書朗読があり、やっと試練の祈りになった。

ゼキュートスが重々しく口上を述べる。

「これより聖女見習いヒルネ、及び聖女見習いホリーは女神ソフィアに祈りを捧げ、聖女となる許しを請う。両名以外、何人たりとも入室することを禁ずる。ヒルネ、ホリーはあの四つの扉より一つを選び、聖なる光が出るまで退出しないと誓うか？」

「誓います」

ホリーが言った。

ゼキュートスがヒルネへと視線を移す。

どうにか起きていたヒルネが、目の焦点を頑張って合わせて「――誓います」と言い、ゼキュートスは音が出ないよう大きく息を吐いた。

「ホリーよ。どの扉を選ぶ」

「私は右から二番目の扉を選びます」

「ヒルネよ。どの扉を選ぶ」

「一番左にいたします」

「よろしい。では、入るがいい」

ヒルネ、ホリーがゆっくりと扉を開けて中に入った。

（魔力を感じる……不思議な部屋……）

中は天井がガラス張りの、真っ白な部屋だった。壁と床全面に聖句が刻まれており、部屋全体が芸術品のような美しさだ。

（女神さまに祈ればいいんだよね……よし）

ヒルネは両膝をつき、感謝を伝えようと思った。

（女神さま、私のことを見つけてくれて、見てくれていて、ありがとうございます――）

（この世界に連れてきてくれてありがとうございます――）

（素敵な友達に出逢えたことに感謝申し上げます――）

（女神さまとお話しできた時間は私にとって何よりも素敵な思い出です――）

（優しい人たちと出逢えて、笑い合って、美味しい果実を食べて、パンをごちそうになって、ジャンヌとホリーと一緒に寝てぬくぬくで…………日本にいたときの私は、いつも焦って、走り回って、追い詰められていて……だから…………この世界が……エヴァーソフィアが……私は……）

ヒルネは感謝の気持ちを頭の中で言っていたら、安心して眠ってしまった。

寝転がって自分の腕を枕にする。

特殊なガラス天井から、いい具合にあたたかい光がこぼれていた。

いつしか、すう、すう、という寝息が部屋に小さく響いていた。

19.

その日、王都は聖女昇格の話題で持ちきりだった。

聖女が新しく誕生すると三日間の休日となる。

街は、今か今かとお祭り騒ぎの準備をしていた。皆が早足に歩き、浮足立っている。

「どうだ、光は出たか」

「儀式が始まって二時間だぞ。出るわけねえだろ」

皆が王都中心部の空を見上げている。

聖女見習いが試練を乗り越えると、聖光が蒼天《そうてん》へ立ち上る。今回はめずらしく二人同時に昇格するため、メフィスト星教本教会から聖なる光の柱が二本上がるはずであった。

街ではヒルネとホリーのことや、聖女たちの話題が飛び交っている。

「東の大聖女サンサーラさまは三時間で光が出たそうじゃねえか」

「ああ。あのときの光は美しかった。サンサーラさまも美しい」

「ヒルネって聖女見習いはすごいらしいぞ。膨大な魔力。誰よりも優しい心。見た目もとんでもねえ別嬪《べっぴん》さんだって話だ。すぐに光が出るんじゃねえか?」

「ホリーという子も優秀だそうだ。なんたって二人とも最年少の九歳だ。俺っちが九歳のときなんてまだ鼻水たらしてたよ」

「今でも鼻たれだろうが、ガハハ」

男たちは楽しげに笑い合う。

聖女誕生は誰しもが喜ぶ吉事だった。

王都の大通りには屋台が並び、聖光が二本上がったらすぐに販売できるよう、店主たちが手ぐすね引いて待っている。

王都全体がお祭りムードだ。

誰しもが空を見上げ、聖なる光を一目見ようとしていた。

○

本教会の礼拝堂には千本の蠟燭《ろうそく》に火がついている。

火を絶やさぬよう、大司教と司教が代わるがわる見回りに来ていた。

儀式が始まって五時間が過ぎる頃、大きな魔力が試練の部屋で発生し、礼拝堂の中ほどにまで達する魔法陣が浮かび上がった。

「……」

大司教ゼキュートスがホリーの入る部屋を見た。

ステンドグラスから、まばゆい光が礼拝堂に照射される。ホリーの聖光が立ち上った。

光は相当大きなもので三十秒ほど続いた。

部屋からホリーがふらふらと出てきて、聖印をゆっくり切った。

「……女神さまのご尊顔を拝見いたしました」

「すぐ別室へ――早く支えてあげなさい」

魔力が急激に高まったせいで、ホリーの瞳が淡く明滅している。

ホリー付きのメイドと修道女が駆け寄ってホリーを横から支えた。

ゼキュートスはホリーの背中を見送り、新たな聖女が生まれたことに感謝を込め、複雑な聖印を切った。あれだけ大きな光はそうそうお目にかかれるものでない。

ホリーの稀有《けう》な才能にゼキュートスは感心する。

そして、もう一人の聖女見習いが入る部屋を見つめ、眉をぴくりと動かした。

「……大丈夫であろうか」

自分らしくないつぶやきを漏らしたゼキュートスは、心が乱れていることに気づき、自主的に礼拝堂で祈りを捧げることにした。

○

一方、聖女見習いの宿舎では、歓声が上がっていた。

「大きな聖光が上がりましたわ！」「ホリー？　ヒルネ？」「五時間ですよ！」

ジュエリーアップルが生える裏庭で、少女たちが黄色い歓声を上げる。

聖女昇格の儀当日は仕事がすべて休みとなり、同胞が無事昇格できるよう交代で祈りを捧げることになっている。

先ほど天に上がった光は、大きく、力強かった。

しばらく時間が経つと、本教会から走ってきたメイドが叫んだ。

「今の光はホリーさまです！　ホリーさまが聖女になられました！」

わっ、とまた歓声が上がる。

聖女見習いたちはいつか自分が聖女に――という思いと、つらい訓練を乗り越えた仲間として素直に称賛する純粋な気持ちであふれている。どの少女も笑顔であった。

「ワンダさま、ホリーがやりましたね！」

「ええ……優秀な子だもの。当然だわ」

いつもは厳しいワンダもこの日ばかりは瞳に涙を溜めている。

ワンダは教育係として何人もの見習いを聖女へ昇格させている。聖なる光が天に昇る光景は何度も見てきたが、毎回自分の娘を嫁に出したような感覚になるのだ。

(見慣れることはないわね)

そう思い、光が消えた青空を見上げる。

「あとは……西教会はじまって以来の問題児さんね」

ワンダはホリーの聖女昇格に安心し、次にヒルネの眠っている顔を思い浮かべた。

どこに行ってもマイペース。すきあらば居眠り。誰に対しても変わらない態度。そこにいるだけで空気が浄化される不思議な少女。それがヒルネに対するワンダの評価だ。誰よりも心配しており、誰よりも期待している。特別扱いはしたくないが、特別な子だった。

「……あの子、寝てないかしらね……」

ワンダはそわそわしてきて無性に歩き回りたくなるも、気持ちを抑え込み、じっと空を見上げてヒルネの成功を祈り続けた。

○

王都全体が注目する中、何も知らないヒルネはぐうぐうと寝ていた。

部屋は魔力に満ちており、魔法陣からはあたたかい熱がこぼれている。絶妙な居心地の良さがここにはあった。

（……女神さま……）

むにゃむにゃと可愛く口を動かすヒルネ。

気持ちよさそうだ。

ガラス張りの天井から光が差し込んでいる。

大扇のようにヒルネの金髪が床に広がって、艶を放っていた。

（……あ、女神さま……）

寝ていたヒルネの意識はいつしか覚醒へと向かい、自分の身体が何もない空間へ飛んでいることに気づいた。

（宇宙？　飛んでる？）

周囲は星に囲まれている。

真綿にくるまれたようにあたたかく、光が後方へ過ぎていく。

星が駆けているみたいだった。

「浮いてる？　ラッキーな状態？」

寝ているのに起きている。そんなお得な感覚に、ヒルネは割引商品を見つけたときみたいに頬を緩めた。

（おはぎと焼鳥が五割引きになってる喜びだね）

自分の好きだった食べ物を思い出し、また食べたいなぁ、なんて考えていると、いつしか星が消え、目の前に縦型の楕円形の光が浮かんでいた。

光が収まると中から女神ソフィアが出てきた。

「女神さま！」

ヒルネはソフィアに出逢えたことが嬉しくて、駆け寄って抱きついた。

いつの間にか地に足がついている。

景色は白亜の空間に切り替わっていた。

「まあ」

くすくすと笑って、女神ソフィアがヒルネを受け止める。

似通った二人はやはり親子のようであった。

女神ソフィアがヒルネの頭を愛おしそうに何度も撫で、額に口づけを落とした。

「ヒルネ、エヴァーソフィアの世界は楽しい？」

「はい。とっても」

ヒルネが女神の豊かな胸に顔をうずめ、うなずいた。

「あなたは居眠りさんなのね？」

「そうみたいです。いつも眠くって」

「日本ではあまり眠れていなかったものね？　別におかしなことではないのよ。安心しなさい」

「はい。寝るのは気持ちがいいので……幸せです」

「ヒルネが幸せなのはいいことよ」

女神はもう一度ヒルネの頭を撫でると、くるりと指を回した。

優しい光がヒルネを包み込んだ。

「あったかいです……」

しばらくヒルネは女神ソフィアのぬくもりを感じていた。

抱かれているだけであたたかい。

（女神さまとお昼寝したら最高な気がする……）

「うふふ……お昼寝したいわね。いつかできたらいいわね」

心の声が聞こえるのか、女神ソフィアが笑みをこぼした。

「ヒルネ」

「ふあっ……なんですか？」

「もう少しこうしていたいけど、みんなのところへ戻りましょう。こんなに時間が過ぎてしまっては心配してしまうでしょう。現実世界のあなたが寝てから時間が経っているのよ？」

「まだ少ししか寝ていませんよ？」

ヒルネの感覚では、さっき寝付いたばかりだ。

「もう三日も経っているわ」

女神ソフィアが楽しげに微笑した。

枯れた木々が一瞬で復活しそうな優しい笑みに、ヒルネも笑顔になった。

「そんなに時間が過ぎていたんですね……。ジャンヌとホリーが泣いているかもしれません」

「メイドと聖女見習いの女の子ね。二人とも澄んだ魂を持っているわ。ホリーには聖女の力を授けました。あなたの助けになるようにお願いしておいたからね」

「ありがとうございます。素敵なお友達なんです」

「――もう時間ね。さ、ヒルネ。起きなさい――あなたを――待っている人が――」

「女神さま――また――お会い――です――」

「あなた――心に――いつでも――わ――は――いる――すよ――」

女神の声が遠ざかり、その姿も光に包まれて見えなくなっていく。

ヒルネは手を振って、女神さまありがとうございます、と何度も言った。

光が消え、星が駆けていき、身体が一回転するような浮遊感を覚えると、ヒルネの瞳が自然と開いた。

「……んん？」

意識が現実に戻ってきた。

周囲を見ると、試練の部屋だった。ガラス張りの天井には夜空が広がっている。

聖句の刻まれた床から身体を起こし、大きく伸びをする。

この部屋のおかげか寝覚めがよかった。

（女神さまと会えてよかった。また会いたいなぁ）

寝起きの頭でそんなことをぼんやり考えていると、ジャンヌとホリーの顔を思い出した。

「あ、この部屋から出ないと」

そう言って立ち上がったところで、耳元で声が響いた。

『ヒルネ――祈りを――』

ハープの調べのような女神ソフィアの囁きだ。

ヒルネは今自分が試練の最中だと思い出した。

（寝てたから余裕の試練だったな……寝れたし、女神さまに会えたし、いいことずくめだよ）

ヒルネが膝をつき、胸の前で手を組んだ。

碧眼をそっと閉じる。

（この世界のみんなが安眠できますように。ごろごろタイムをもらえますように――）

ヒルネらしい祈りを真剣に捧げると、床と壁に彫られた聖句と魔法陣に光が集まり始め、やがてフラッシュライトのように明滅した。

巨大な宝箱をひっくり返したみたいに星屑が躍りながら部屋を埋め尽くしていく。

「すっごいまぶしい」

目を開けたヒルネはすぐにまぶたを閉じた。

目のくらむ光の洪水の中、星屑の群れがヒルネと出逢えたことを喜ぶように楽しげに跳ね、ヒルネを中心に次々に外へ飛び出していく。

噴水のようにヒルネの身体から星屑が吹き出ては宙に舞う。

星屑はやがて部屋におさまりきらなくなり、礼拝堂にも漏れ出し、さらにその先の本教会の敷地内にあふれ、教会の入り口付近にまで達した。

（身体があったかい）

ヒルネがそう思うと、足元に本教会全体を覆う特大の魔法陣が出現した。

魔法陣がカッと光り輝き、ヒルネの身体から聖なる光が立ち上った。

（……魔力が……あふれてる……気がする……）

その聖光は王都頭上にあった雲を突き抜け、夜の街を照らし、五分間輝き続けた。

どの歴代の聖女よりも大きな光だった。

20.

ヒルネが女神ソフィアと出逢う数時間前――

街には騒ぐに騒げない、不完全燃焼な空気が漂っていた。

聖女昇格の儀が終わった三日間は休日となる。肝心のヒルネから聖なる光が上がらないのだ。

ヒルネが試練の祈りを始めてから二日と十二時間。

今日が休日の最終日だ。

「光は出たか？」

「お父さん、出てないよ」

ヒルネがよく串焼きをもらっている、串焼き屋台の店主が路地裏から出てきた。

屋台の場所が路地裏のため、大通りに出ないと光が見えない。大通りで王都の中心部を見上げているための娘が首を横に振っていた。今年十二歳になる娘は、ヒルネを妹のように可愛がっているため、心配そうであった。

「そうか」

店主はぽんと娘の頭に手をのせた。

娘が顔を上げた。

「ヒルネちゃんなら大丈夫だ。あの子が聖女見習いだって聞いたときはそりゃあ驚いたけどよ、俺たちはこの子は他の子と違うなって思っただろ？　どこでも居眠りするなんて度胸がある証拠さ。串焼きの食べっぷりも一人前だ」

「……うちの串焼きを食べて、口の回りをタレだらけにしてたもんね」

「教育係の方に見つかって叱られてたもんなぁ」

「叱られてるのに寝ちゃってるし」

思い出したのか、娘が笑みをこぼした。

「ありゃあ将来大物になるぞ」

店主も笑う。

すると、近くを通りかかった寝具店ヴァルハラの店主トーマスが、串焼き屋店主に気づいて頭を下げた。

「おお、トーマスの旦那」

「光は上がりませんね」

ダンディ系四十代のトーマスが心配を半分張り付けた笑顔で近づいてくる。

二人はひょんなことからヒルネの話題で友人になった間柄だ。

その後、串焼き屋店主、娘、トーマスの三人でヒルネの試練が成功することを祈った。

○

西教会の聖女見習い宿舎には、重い空気が落ちていた。

教育係ワンダは裏庭で何も言わず、座りもせずに、じっと空を見上げている。

「……ヒルネ」

歴代聖女見習いの中で一番叱って罰則を与えた子であり、それでいて不思議と手のかからない子であった。

丸一日聖なる光が上がらないのはままあることだが、三日ともなると異例で、これが吉事なのか凶事なのかわからない。

心配であった。

聖女昇格に失敗——そんな不吉なことを想像してしまう。

聖女見習いの少女たちも裏庭に集まって祈り続けている。

夜の星空に流れ星が見えたような気がし、ワンダは目を見開いた。

しかし、見間違いだったらしく、息を漏らす。

ワンダはヒルネの寝顔を思い出しながら、早くあなたの笑顔をみんなに見せてちょうだいね、と心の中でつぶやいた。

○

礼拝堂には聖職者のほとんどが集まっていた。二百脚ある長椅子の七割が埋まっている。

これほど長い聖女昇格の儀はない。

皆がヒルネを心配し、彼女が聖女になることを心から祈っていた。

「——まだなのか？」「——これで二日と十二時間だ」「——こんなにも長い祈りは初めてだ」

「——最長記録は一日と五時間。二十二年前だ」「——なぜ出てこない」「——大司教さまが原因をお調べになってらっしゃる」

三日も経っているせいか、状況を確認する囁《ささや》き声《ごえ》がそこかしこから聞こえていた。

隅の席では、聖女に昇格したホリーがジャンヌと手を繋いで、ヒルネが出てくるのを待っていた。

「ジャンヌ？　ジャンヌ？」

「……なんでしょうか？」

「いい加減に寝てきなさい。あなたいつまでここにいるつもりなの」

「ヒルネさまがまだ出てこないんです……私、心配で……」

身体強化の加護があるとはいえ、ジャンヌの目の下には薄《う》っすらとくまが浮かんでいた。

ジャンヌはずっとヒルネを待っていた。

「あなたが倒れたらヒルネが悲しむわよ。ほら、行きましょう？」

自分の子を諭すようにホリーが優しくジャンヌの手を引く。

そう言っている彼女もよく眠れていないのか、疲れた顔をしていた。

「私はここにいます。ホリーさまこそ休んでください」

ジャンヌはヒルネのこととなると強情だった。

それもヒルネへの愛情があるからこそなので、ホリーがやれやれとため息をついた。

「しょうがないわねぇ……私も一緒にいてあげるわよ。今回だけだからね。あと、夜更けになっても出てこなかったら一緒に寝るからね？　いい？」

「わかりました」

ジャンヌがうなずき、ヒルネの入っている部屋の扉をじっと見つめる。

本当ならば今すぐにでもヒルネの安否を確認したい。あの扉を開けたい。そう思うが、試練の祈り中は入室禁止だ。誰かが入った時点で聖女昇格の儀は失敗となる。

「……ヒルネさま……」

何度泣きそうになったかわからない。

ジャンヌは気持ちが折れそうになったら、ヒルネのくしゃりと笑う顔を思い出し、涙をこらえた。自分はヒルネの側仕えメイドだ。そう言い聞かせて、しゃんと胸を張って背筋を伸ばす。

ホリーはジャンヌを気づかって、ずっと側についていた。

聖女になりたてで、ホリーもかなり疲労している。聖女になった当日はぐっすり寝て、そのあとは浅い眠りを繰り返しては礼拝堂に足を運んでいた。

「――」

ホリーが聖句を唱えて、ジャンヌに浄化魔法をかけた。

身体を清める効果がある。女の子らしい気配りだった。

「ありがとうございます、ホリーさま」

「今回だけだからね？　今日出てこなかったらベッドで寝るのよ？」

「あの、ヒルネさまは本当に出てくるのでしょうか？　このまま女神さまの住む天界へ行ってしまったのではないでしょうか？　ヒルネさまは女神さまにそっくりで美しいです。だから、女神さまがヒルネさまを気に入って――」

「ジャンヌ」

ホリーがぎゅうとジャンヌの手を握った。

「大丈夫よ。女神さまはそんなことしないわ。きっとヒルネは居眠りしているのよ。だから出てこないんだわ」

「そう、ですかね……？」

「そうよ。そうに決まってるわ」

ホリーがジャンヌの瞳を覗き込んで、微笑んだ。

純白の美しい聖女服を着ているホリーにそう言われ、ジャンヌはいくぶんか気持ちが落ち着いた。

「そうですよね。ヒルネさまなら大丈夫ですよね」

ジャンヌも笑顔を作る。

周囲にいる聖職者たちは、子どもたちのやり取りを聞いて、慈しむ目を向けていた。健気な少女たちが大人にはまぶしく見える。涙もろい男性神官は涙をハンカチで拭いていた。

そのときだった。

前方の席からざわめきが聞こえてきた。

「ジャンヌ！」

ホリーが気づいて立ち上がると、ジャンヌも弾《はじ》かれたように立ち上がった。

「見て！　星屑が……！」

ホリーが指を差した女神像の奥、ヒルネのいる部屋から、水が溢れ出すように星屑が躍りながら噴き出した。

ザァァ、と軽い金属がこすれるような音を響かせ、キラキラと煌《きら》めきながら礼拝堂の床を埋め尽くしていく。

「これ、ヒルネが⁉」

「わっ！　わぁ！」

足元まで星屑が流れ込む。

ホリーとジャンヌが砂浜を歩くように足踏みをした。

星屑は踏み潰されることなく、足の隙間をすり抜けて躍りながら教会内部へ進んでいく。星屑の奔流はあっという間に礼拝堂から出ていき、教会内部を覆い尽くしていく。

「ジャンヌ！　すごい量の星屑よ！　きっとヒルネだわ！」

「そうですね！」

礼拝堂に詰めていた聖職者たちからも驚きの声が上がる。

二人は前方へ駆けていき、女神像の前で立ち止まった。

ここより先は試練中の聖女見習いしか入れない。

寄せては返す波のように星屑が躍る。

星屑の海にいるみたいだ。

「なんて綺麗なんでしょう……」

「キラキラしてます」

ホリーとジャンヌが目の前に広がる星屑を見て、瞳を輝かせる。

すると、足元に魔法陣が浮かび上がった。

とてつもない大きさで、礼拝堂をすっぽり包んで、奥へ奥へと広がっていく。

「――あっ」

「――！」


二人が声を上げたと同時に、目の前が真っ白になった。

ヒルネの部屋を中心に聖なる光が立ち昇った。

それは数分間続き、本教会を丸ごと包む大きな光の奔流となる。

本教会にいる全員を包み込む光が人々を照らす。

ホリーとジャンヌは手をつないで鎮まるのを待ち、光が消えてから、ゆっくりと目を開いた。

「終わったの？」

「はい、聖なる光が、出ました」

「身体がすごく軽いわ」

「私もです」

二人は自分の両手を見下ろした。

――ガチャリ
そんな中、何気ない感じで一番左の扉が開き、金髪碧眼の少女が眠そうな顔で出てきた。

「お待たせいたしました。遅くなってしまって申し訳ありません。少々居眠りをしておりまして――」

「ヒルネ！」

「ヒルネさま！」

ホリーとジャンヌがヒルネに飛びついた。

「よっと」

ヒルネは倒れそうになって、二人を両手で支えた。

「どうしました？」

「あなた、出てくるのが遅いわよっ！　どれだけ待ったと思っているの？」

「ヒルネさまぁ！　お待ちしておりました！」

ヒルネはホリーとジャンヌの瞳を見て、ああ心配させてしまった、と申し訳ない気持ちになって二人の頭を撫でた。ジャンヌはぐいぐいと、ホリーは控えめに抱きついてくる。

ヒルネの瞳は魔力が向上して虹色に輝いていた。

礼拝堂にいた聖職者たちは今の奇跡を見て聖印を切っている。

あれほど大きな魔法陣、大量の星屑。女神ソフィアはヒルネに祝福を贈った。全員がそう思った。

早足で到着した大司教ゼキュートスがひどく安堵した表情で、ヒルネ、ホリー、ジャンヌに休むよう伝えた。

（やった。お布団で寝れますね）

ヒルネはしがみついてくるジャンヌとホリーを横目に、微笑みを浮かべた。

○

本教会から大きな光の柱が上がったあと、王都はお祭り騒ぎであった。

史上最大の聖なる光に、人々は「大聖女候補の誕生だ！」「聖女ヒルネ万歳！」「今宵《こよい》、居眠り姫に乾杯！」と酒を乾杯し合っている。

串焼き屋台の店主、娘、寝具店ヴァルハラのトーマスも光を見て歓声を上げた。

「やったぞ！　あのヒルネちゃんがあんなに大きな光を出した！」

「やったやった！　ヒルネちゃんすごい！」

「これは新たな伝説が……。いや、ヒルネちゃんは寝るのが好きな普通の子——うちに来たときだけはリラックスしてほしい。となれば、また新しい布団を準備しなくては！」

三者三様の喜びの声を漏らし、夜空に拳を突き上げる。

一方、西教会の宿舎裏庭でも、黄色い叫び声が響いていた。

「ヒルネ！　すごいわ！」「あんな大きな聖なる光見たことない！」「素敵！」

教育係ワンダも、聖なる光で暗闇が昼のような明るさになった光景を見て、目の端に涙を浮かべた。

「居眠り姫なのに夜を昼間みたいな明るさにして……三日間もかかって……あの子は本当に人騒がせね」

歳《とし》を取ると涙もろくていけない。

そんなことをつぶやき、ワンダはハンカチで目元を拭き、夜空を見上げた。

聖なる光が空をつらぬき、ドーナツのような穴の空いた雲が夜空に見える。その穴から、ヒルネの髪色のような金色の満月が顔を覗かせていた。満月は、なぜか眠たそうに見えた。

21.

聖女になってから三ヵ月が経過した。

転生から二年、ヒルネは十歳になった。

八歳の頃と比べるとだいぶ大人びた雰囲気になっている。

整った顔立ちに、女性らしい丸みが出てきていた。

ヒルネの星海のような碧眼で見つめられると、皆、瞳の中へ吸い込まれた気分になる。

常にのほほんとして、顔を眠たげにしているのが、より一層神秘さを増している。

眠たげというか、実際に眠いだけなのだが。

（あれから二年……長いようで短かったな。本教会に自分の部屋をもらってベッドは大きくなったし、食事は見習いのときよりたくさん食べさせてもらえるし……。でもなぁ……本教会の布団がいまいちなんだよなぁ……なんて言うのかな……大量生産した布団のおさがりのおさがり的な？　聖女見習いの頃から使ってる布団のほうが眠りが深い気がするんだよね）

ヒルネは見習いの頃から使っている、薄い掛け布団をつまみあげた。

清潔に保たれており、空いた穴はジャンヌが星型のアップリケで修繕してくれている。

掛け布団の頭の部分、ちょうど首が当たる箇所にボタンで取り外し可能なカバーがついていた。これはホリー考案で、ジャンヌが作ってくれた。ヒルネがたまによだれを垂らすからだ。美少女が台無しである。

（どうにもこうにもこの掛け布団が寝やすいという……使い慣れてるからかな？　でもなー寒い時期は羽毛布団で寝たいよ～。この掛け布団の上に羽毛布団で完璧な気がする）

まだ見ぬ羽毛布団を夢見てヒルネが笑みをこぼし、身体に布団を巻き付けてごろごろ転がった。

星型アップリケ付きヒルネ専用掛け布団はヒルネの加護をたっぷり受けていて、快適安眠、魔力回復促進、体力回復促進、悪夢回避など、ヒルネの夢と希望が詰まった機能が付与されている。もっとも、本人は気づいていない。

ちなみに、ヒルネがわざわざ安い掛け布団を修繕して使っていることで、周囲からは「なんて倹約家なんだろう」とか「聖女の鑑だ。貧しい者の立場を理解しようとしている」など、評価が勝手に上がっていた。

（トーマスさんところの新作布団ほしいぃぃ。本教会の布団を総取り替えしてよぉぉ）

本人の心の声が聞こえない世界でよかった。

しばらくあーでもないこーでもないとごろごろしていると、ノックが響いてジャンヌが入ってきた。

ヒルネはヒラメの気分で掛け布団をかぶって目だけを出し、ベッドへうつぶせになって平べったくなった。

「さあヒルネさま、お仕事の時間です」

ジャンヌは笑顔で元気よく言った。

「朝の自由時間は終わりですよ、ヒルネさま」

「ヒルネはいません。ここにいるのは深海魚です」

ヒラメ……もとい、ヒルネが片目をちらりとジャンヌへ向ける。

「なんですか深海魚って……さあ、ゼキュートスさまがお待ちです。今日は貴族さまに朗読をするんです」

「深海魚は朗読できません。水の中ですから声が出せないんです」

「ここは海じゃなくて本教会ですよ。さあヒルネさま、起きてください」

ジャンヌに全然冗談が通じない。

聖女になってからというもの、とにかく予定が詰め込まれるので昼寝をする時間がまったくなく、ヒルネはどうにかサボろうと、こうして駄々をこねていた。

ジャンヌは手慣れたものだ。

「朗読が終われば休憩できますよ。行きましょう」

「その休憩はきっと二十分ですね？　私にはわかります。聖女見習いのときは夜遅くなることもありませんでした。聖女がこんなに忙しいなんて聞いていませんよ」

「皆さんが待っていますよ、聖女の深海魚さん？」

「そうだ、私は深海魚です。聖女ではありません。他をあたってください」

「そういうわけにはいきません」

ついにジャンヌが薄い掛け布団を引っ張った。

「行きましょう。さあ、行きましょう」

ヒルネが意地でも布団から出まいと、布団を握りしめる。

「ジャンヌが代わりに朗読してください。深海魚は布団の中で帰りを待っています」

「ヒールーネーさーま」

ジャンヌがぐいぐいと布団を引っ張った。

「聖女のヒルネはここにいません」

「いいでしょう。ヒルネさま、ご覚悟を」

ジャンヌが薄い布団から手を離し、秘策を使いますと言いたげに宣言した。

そして掛け布団の上からヒルネの腰をつかんで、巧みにくすぐり始めた。

「こしょこしょこしょこしょ」

「――あ、ちょ、あ、ひゃめ」

「ヒルネさま出てきてくださーい」

「すみ――すみません、で、でまひゅ、でまひゅからやめてえくらひゃい」

自称深海魚は、ジャンヌの手さばきによってあえなく地上へ浮上した。

（私の弱点を的確にくすぐってくるとは……これは無理、耐えられない……ジャンヌが日に日に強敵になっている気がする）

息も絶え絶えのヒルネは布団から身体を出し、観念して万歳のポーズを取る。

それを見たジャンヌが素早く服を脱がせて聖女服を着せていった。

22.

ヒルネは本教会にある聖女専用の宿舎から出て、広い教会内を歩いていた。

メフィスト星教の本拠地であるため静謐な空気が流れている。大理石調のひんやりした廊下に、聖句が刻まれていた。聖職者はヒルネを見ると必ず目礼して通り過ぎていく。聖女の地位は一般職よりも上だ。

（西教会と違うよね）

本教会は静かだった。

こうして廊下を歩いていても、誰の足音も聞こえない。

（静かだと眠くなってくるんだよねぇ）

「……あふっ」

小さくあくびをするヒルネ。

「ヒルネさま、あくびをするときは言ってください。隠しますから」

ジャンヌが後ろから注意してくれる。聖女があくびまじりに歩いているのは問題だ。

「すみません。あくびは自己申告制でしたね……ああっふぁ……」

「……あの、ヒルネさま？　聞いてました？」

「あくびは先に言えるものではありませんね。困りました」

ヒルネがちらりとジャンヌを見る。

メイド服をきっちり着たジャンヌが困ったように眉を下げた。ヒルネはマイペースすぎて、いつか偉い人に叱られないか心配だ。

「そういえば、今日の朗読会は何時間ですか？」

「本日は三時間です」

「三時間……オーマイガーです」

「おうまいがあ？」

聖女の仕事は多岐にわたる。

見習いの頃よりも責任が増え、王国貴族との関わりも多くなってきた。

（本教会の朗読会……長いんだよな……本当にご勘弁願いたいよ）

大司教監督のもと、貴族たちの前で聖書を朗読する会だ。

これは新米聖女の役割で顔見せの意味が大きい。

「どうにか辞退する方法はないでしょうか。聖女になってから三ヵ月、忙しさで眠気が最高潮です」

「眠気はいつも最高潮な気がするんですが……えっと、お役目なので無理だと思いますよ？」

「せめて、人をダメにする椅子がほしいです。座りながら朗読をしましょう」

「そんな椅子ありませんよ。でも、ワンダさんに椅子に座ってもいいか聞いてみましょうか？」

ジャンヌが鳶色の瞳を瞬かせた。

実は、教育係ワンダは聖女の相談役に抜擢されている。大司教ゼキュートスの肝入りで、主にヒルネとホリーの教育をメインとしていた。二人ともまだ十歳だ。ゼキュートスが二人の少女に配慮した結果だった。

「ホリーさまも疲れたと言っていましたし、ワンダさまに聞いてみるのはいいかもしれませんね」

「ホリーも一緒ですか？　それなら今日は彼女に朗読をお願いしましょう。来月、私が受け持ちます」

（そうと決まれば部屋で寝よう）

ヒルネは自室に戻ろうとした。

あわててジャンヌがヒルネの手を取った。

「ヒルネさま、とりあえず控室に行きましょう？　ワンダさんに聞いてみますから」

ジャンヌが手を離し、ヒルネの肩を持って控室の方向へくるりと回転させた。

「ね？」

「ジャンヌにそう言われては行くしかありませんね」

「よかったです。椅子のことはちゃんと聞きますから」

「ジャンヌ、人をダメにする椅子ですよ。普通の椅子ではいけません。それも伝えてください」

「よくわかりませんけどわかりました」

ジャンヌが苦笑してうなずいた。正式な聖女付きのメイドになって、苦労は絶えない。それでも楽しそうなのはヒルネと一緒だからだろう。

「では、行きましょう」

「わかりました」

二人は朗読会の控室へ向かった。

数分で到着した。中には誰もいなかった。簡素な部屋で調度品はほとんどない。古めかしい椅子と長机が置いてあり、姿見が何個か設置されている。衣服に乱れがないか確認するためだろう。

「ヒルネさま、少々お待ちください。ワンダさんに聞いてきますね？」

ジャンヌがポニーテールを揺らして軽快な足取りで部屋を出ていった。

（一人になってしまいました……）

ヒルネが持っていた聖書を長机へ置いた。

窓を見ると、やわらかい木漏れ日が部屋の中に落ちていた。

冷たい風が吹いていていて心地いい。

（風が呼んでいる気がする。今こそ人をダメにする椅子を作るときだと……！）

ヒルネはよくわからない直感に突き動かされた。

窓に近づく。

二階から飛び降りるわけにもいかない。階下は生け垣と芝生がある。

（こんなときこそ――聖句を思い出して……浮遊の聖魔法）

ヒルネが聖魔法を唱えた。

魔法陣が足元に展開され、星屑がヒルネの身体を包み込んでいく。数秒でヒルネの身体が浮いた。

(おおっ、なんかふわふわして気持ちいい。右、左〜、自分が思った方向に動く感じね)

何度か試して、ヒルネは窓から外へ出た。

(窓枠を越えてー、そのままゆっくり下に行ってね)

純白の聖女服をはためかせ、ふわふわとヒルネは控室から脱出した。

○

何食わぬ顔で本教会から抜け出した。

正面入り口から行くと衛兵に何か言われそうだったので、手薄な裏口から「ごきげんよう」と門兵に言って出てきた。滅多に聖女が通らない場所なので、門兵も「どうぞどうぞ」といった態度だ。彼らの立場だと、聖女を見ることもめずらしい。

(王都だ。さて、風はどこへ私を連れていってくれるのかな)

ふあっ、と大きなあくびを一つ。

ヒルネはのんびりと歩き出した。

暑くなり始めた陽気に、冷たい風が吹き抜ける。

聖女服が舞ってヒルネの金髪をふわりと浮かせる。

（気持ちのいい午前の空気だね。このままどこかでごろ寝したい）

あふ、あっふとあくびをしつつ、ヒルネが王都の路地を進んでいく。

運がいいのか誰にも見られていない。

国民に見つかったら聖女さまがいると人だかりができるだろう。ましてや居眠り聖女ヒルネの名前は王都中が知っている。あの、大きな聖光のせいだ。

ヒルネの見目麗しい姿絵も王都中に貼られている。

ヒルネを見た有名絵師が描いて、それを複製したものが出回っていた。ホリーの絵姿も同じく出回っている。

そんなことを知らないヒルネはあてもなく進み、路地から商店街にぶつかった。

（商店街の終わりの場所って感じかな？　ちょっとさびれてる？）

王都は広い。

流行《はや》り廃《すた》りにも敏感だ。

この商店街、数十年前は人で賑わっていたが、とある時期を境《さかい》に客足が遠のいていた。原因はわかっていない。

（あ、家具屋がある。あそこにお邪魔しよう。人をダメにする椅子を作ってもらおう）

ヒルネは完全な思いつきでふらりと家具屋に入った。

店内は商品の家具がところせましと置いてあり、綺麗に磨かれている。だが、値段のかかれた木札が変色していた。長い間売れていないらしい。

「こんにちは。人をダメにする椅子がほしいのですが――」

ヒルネの声に、中から若い女性の声が響いた。

「お父さん、お客さんだよ！」

そんな叫びが店の奥からし、どたどたと勢いよく女性が出てきた。

若草色の髪をした、素朴な雰囲気の女の子だ。年齢は十五、六歳に見える。

「いらっしゃいませ！　家具をお求めです………か？」

彼女はヒルネを見て言葉を失った。

人気のない家具屋に時の人である聖女ヒルネが立っている。何かの見間違いかと女の子は目をこすったが、やはり聖女は入り口のところに立っていた。金髪碧眼、整った容姿、魔力を増幅させる純白の聖女服。間違いない。

「人をダメにする椅子を作ってほしいんです」

「……？」

ヒルネの眠たげな碧眼と、女の子の瞳が交錯した。

23.

さびれた商店街の一角――

家具屋の娘はリーンという名前だった。

「それでリーンさん。人をダメにする椅子を作っていただきたいのです。これは今後の聖女人生にかかわることですから、とても重要なお話です」

家具屋に置いてあった一番ふかふかなソファに座り、ヒルネがお茶をズズと飲んだ。

(この家、なーんか暗いなぁ。なんでだろう?)

お茶をのせてきたお盆を胸に抱いて、家具屋の娘リーンが恐縮している。

「聖女ヒルネさまの今後の聖女人生……あの、私はまだ駆け出しの職人で、お父さんにお願いしていただいたほうがいいと思うのですが……」

「店主さまはお店が儲からないから細工師の下請け作業をしておられるんですよね?」

「そ、そうですね。今も作業中で声が届いていないと思います」

「集中すると声が聞こえなくなるタイプですね? それは素晴らしい職人さんです」

「そうでしょうか?」

リーンが若草色の髪を触って、少し照れた。

父親が褒められて嬉しいらしい。

「ということは、やはりリーンさんが椅子を作るしかないですね」

「私にできるとは思えません。それに、人をダメにする椅子とはなんでしょうか?」

「はい。人をダメにする椅子とは――あ、ペンと紙をお借りしても? あと、枕も貸していただけると嬉しいです」

ヒルネがくああっ、とあくびをすると、リーンが駆け足でペン、紙、枕を持ってきた。

「ありがとうございます」

ヒルネがソファに横になり、枕の位置を確かめる。

(そばがらっぽい枕……いいっ！)

枕を触るとシャリシャリと中から音が鳴る。

ヒルネは仰向けに頭を置いて何度かそばがら的な枕の使い心地を確認すると、寝転がった状態で人の絵と、椅子の絵を描いた。

リーンが受け取って興味深そうに目を落とすと「これは」と唸り声を上げた。

「椅子は椅子なのですが球体の形に布を縫って、その中に、この枕に入ってるような素材を入れます。そしてそこに座ると人の身体が沈み込む――これぞ、人をダメにする椅子です」

眠たげな瞳をくわと見開いて、ヒルネが言った。

目だけ輝いていて体勢はだらしない。残念な聖女である。

「なるほど……これはとてつもないアイデア商品ですよ！　私、内職で縫製の仕事をしていたので縫うのだけは得意なんです。聖女さま、作ってみてもいいでしょうか？」

「もちろんです」

意気揚々とうなずいたが、ここで重大な事実に気づいた。

(そうだ……お金……マニーがないんだよ……。聖女でもお小遣いがほしい)

ヒルネは長いまつ毛を伏せ、申し訳なさそうに口を開いた。

「リーンさん、すみません。私、お金を持っていないんです。聖女は自分の財産がなくてですね……。何かお礼ができればいいのですが……見たところ、お店にも余裕があるようには見えませんし……。私が材料をどうにか入手してきます。それまで――」

「聖女さま」

強い意志を感じる声で、リーンが言葉をさえぎった。

純朴そうな瞳が今にも燃え出しそうであった。

「私のお小遣いで試作品を作ってみます。私、今、聖女さま考案の人をダメにする椅子に強く引かれているんです。お金のことは気にしないでください。すぐに作ってみます！」

「リーンさん……あなたのような素敵な女性に出逢えて私は幸運です」

ヒルネは起き上がってソファから下り、丁寧に聖印を切った。

リーンがあわてた様子で頭を垂れる。

「なんてもったいないお言葉……ありがとうございます」

「私のことはヒルネと呼んでください」

ヒルネがにこりと笑うと、リーンは何かに包み込まれるような不思議な感覚になり、知らず知らず自分も笑顔になっていた。

「はい！」

○

リーンが素材をすぐに買ってきて作業場にこもると、ヒルネは店内で一人になった。

（素晴らしい出逢いに感謝を……）

すっかり祈るくせがついているヒルネは、膝をつき、両手を組んで目を閉じた。

すると、何か店内でイヤな感じがした。

小骨が喉に引っかかっているような、そんな鬱陶しい感覚だ。

（人の邪魔をするものが潜んでいるみたいだね……。ひょっとすると、ワンダさんの授業で習った〝瘴気《しょうき》〟というやつかな）

聖女にとって一番重要な仕事は、魔物を構成する物質、瘴気を浄化することにある。

瘴気は周囲の力を奪う。

たとえ小さな瘴気であっても、周囲の活力が低下し、人間を遠ざけるという。

厄介なのは人の目には見えづらいことだ。

どうやら瘴気は家具屋にできた小さな隙間に潜んでいるみたいだ。

（どうして王都にこんな瘴気が……もう少し広範囲に探ってみよう）

ヒルネはさらに集中してさびれた商店街全体を俯瞰《ふかん》するイメージで、祈りを捧げる。

極小の瘴気が商店街のいたるところにこびりついているようだ。瘴気はどうやら地下の古い配管を通って、王都の外から入ってきているらしい。たまたま、浄化の魔法陣がこの商店街だけうまく機能していないようだった。

（これは大変です。今すぐ浄化しないと。魔力を練って——聖句を——）

いつもどおり聖句を脳内で詠唱し、聖魔法を商店街全体へ行使した。

「——浄化魔法」

ヒルネの周囲から大量の星屑が噴き出し、大きな魔法陣が店の外まで展開される。

ちょうど外を歩いていた通行人が驚いて「おあっ！」と声を上げた。

「一体なんですか⁉」

作業していたリーンが駆け込んでくる。

「あ——浄化、魔法……‼」

リーンが神様を見つけたみたいな表情でぽかんと口を開けた。

（浄化しましょう）

さらにヒルネが力を込めると、星屑が我先にと店内の瘴気に群がった。姿の見えなかった瘴気が黒いトゲらしき物体になって正体を現した。

ヒルネが目を開けて、瘴気を見た。

（黒いトゲみたいなんですね。なるほど）

黒いトゲがキラキラ光る星屑にもみくちゃにされ、まばたきをするうちに消滅した。

ヒルネの聖魔法が強いからだ。

本来なら消滅まで時間がかかるものだ。

（よぉし、星屑さん——黒トゲを消しちゃって！）

ヒルネの号令で星屑が飛び出していき、あっという間に商店街の瘴気を浄化した。

家具屋も正常な状態になった。

（もういいみたいですね）

聖魔法を切ると、星屑が躍りながら空中に霧散した。なんだか一仕事終えて嬉しげであった。

「ふう。瘴気がいたとは驚きでした」

「あの……ヒルネさま、これはどういう……」

「お店に瘴気がいたので浄化しました。どうです？　なんだか心なしか気分がよくないですか？　暗い感じがなくなりましたね」

「あっ……そう言われてみれば、なんだかとっても気持ちいいです！」

リーンが「わあ」と楽しげに両手を広げて、店内をくるくる回った。

「商店街全体に小さな瘴気が入り込んでいたみたいですね。これでもう大丈夫です」

「ヒルネさま――ありがとうございます。貴重な聖魔法を使っていただき……お店にお客さんが来なかったのも、きっと瘴気のせいです。これでお店にいつもの活気が戻ってくれたら……ぐすん」

リーンが作業用のエプロンを握りしめて、瞳に涙を溜めた。

「お店が稼げなくなって薬が買えず、お母さんの体調が悪くなって……実家に帰ってしまったんです。お父さんはやりたくもない仕事をずっと続けて仕送りして、つらそうでした……瘴気のせいだと信じてこれからもお父さんと頑張ります。またお母さんにも戻ってきてほしいんです！」

「リーンさんのお手伝いができて私は嬉しいです」

「ヒルネさま、本当にありがとうございます！　何もお礼ができないんですが、私の貯めたお小遣いを全部差し上げます！」

「いえいえ、お金はいりません。それよりも人をダメにする椅子はどうですか？」

「あ、はい！　持ってきます！」

リーンが作業場に駆けていき、人をダメにする椅子第一号を持ってきた。

余りの布で縫われているのか、様々な柄の布をつぎはぎして球体にしている。

「おお、おお、すごいです！　私が求めていたのはこれですよ！」

「ヒルネさま用に小さめサイズにしました。座っても大丈夫ですよ」

そう言って、リーンが大人用の椅子の上に、人をダメにする椅子を置いた。

ヒルネが早く座らせてくれと上目遣いで碧眼をキラキラさせている。

「どうぞ」

「失礼します」

ヒルネがそっと椅子に座った。

シャリシャリと音が響いて、お尻、腰、背中が包み込まれていく。

（ふおおおおっ！　これが人をダメにする椅子っ！　前世で買いたくても買えなかった椅子っ！これは極楽すぎてもう一歩も歩けませんね。背徳の堕天使と呼ぶことにしましょう！）

ヒルネが椅子に座り、「ほわぁ。はわぁ」と声を漏らしてずぶずぶと人をダメにする椅子に埋まっていく。両手を王さまのように出せば極楽浄土スタイルの完成であった。

リーンはそれがおかしくって可愛くて、クスクス笑った。自分の作った椅子に座って「ふわぁ」と言っている可愛らしい聖女を見て、今日の幸せを忘れないようにしようと、胸の前で聖印を切った。

その後、ヒルネはジャンヌに発見され、連れ戻された。

ワンダから罰として本教会の千枚廊下掃除を言い渡されるのであった。

（私、これが終わったら、背徳の堕天使に座るんだ……）

人をダメにする椅子が爆裂ヒット商品になるのはもう少し先のお話である。

24.

人をダメにする椅子をもらってから一週間、ヒルネはことあるごとに身体をうずめていた。

球体の椅子は座り心地が最高だった。

（極楽だよ。これぞ求めていた椅子だね。中と外の素材には改良の余地がありそうだけど……うん。暇があったらリーンさんの家具屋に行こう）

無断外出にまったく懲りていないヒルネ。

シャリシャリと音を鳴らして人をダメにする椅子に座り直し、両手を外側へ出した。極楽浄土スタイルである。

（もうそろそろジャンヌが来るね。それなら聖魔法で――一体化接着）

ヒルネは聖魔法で自分の身体と人をダメにする椅子をくっつけた。

これで引っ張られても身体が椅子から離れることはない。

「ふあぁっ……朝のお勤め後は眠くなりますねぇ……」

聖女の朝は早い。

朝食の前に三十分の祈りと三十分の聖句詠唱をする。

その後、朝ご飯を食べて少しの自由時間があり、仕事がスタートする。

今は自室で自由時間中であった。

（聖女の仕事が忙しすぎて眠いよ。ホリーはペースをつかんできて元気だし、ジャンヌは体力が有り余っているみたいだし……子どもは元気だなぁ……）

自分も子どもなのだが、ヒルネはあっふ、とだらしないポーズのままあくびをした。

金髪碧眼、整った容姿、純白の聖女服。人をダメにする椅子に座っていてもどことなく様になるのが面白い。

「喉が渇きましたよ～……動くのが面倒ですね」

ヒルネはちらりと机の上にある水差しとコップに目をやった。

眠くて動きたくない。

（聖魔法――物体操作――）

キラリと星屑が舞って、水差しがひとりでに動いてコップへ水を注ぎ、コップがふわふわと浮いてヒルネの手に収まった。ものぐさな人々が憧れる魔法だ。

（聖魔法便利。女神さま、本当にありがとうございます）

ヒルネが背中を椅子にうずめたまま、聖印を切る。

どう考えても聖魔法の間違った使い方であった。

「はい浄化」

パッとコップが輝いて、星屑が水に吸い込まれた。

浄化すると水が美味しくなることに最近気づいたヒルネは、いつもこうしている。

「――ぷはぁ。お水が美味しい」

いい飲みっぷりで水を飲み干し、聖魔法でコップをもとの位置へ戻した。

この間、手しか動かしていない。

（こうしてのんびりできるっていいねぇ。前世は働きすぎだったたって思い知らされるよ。徹夜とかムリムリ。ちゃんと寝ないと人間おかしくなっちゃうね）

遠い目をして前世の記憶を振り返り、まぶたを閉じる。

喉も潤って眠くなってきたヒルネはそのまま寝てしまった。

数分が経ってドアが開いた。

「ヒルネさま、ただいま戻りました――あ、やっぱり寝てる」

ジャンヌが部屋に入り、次の祭事で使う経典を机の上にどさりと置いた。

分厚い本が三冊。重くはなかったが指が痛い。ジャンヌが何度か手首を振った。

「休み時間はあと五分で終わりだから、起こさないと」

そう言いつつ、ジャンヌは寝ているヒルネの寝顔を眺めた。

長いまつ毛、小さな口、すう、すうと規則的に息が漏れている。

気持ちよさそうで、見ているだけで幸せな気分になってくる。座っている椅子はアレだがこのまま額縁に飾りたいぐらい可愛らしい。

ジャンヌは微笑んだ。

「ヒルネさまったらこんなに気持ちよさそうにして……」

バラ色の頬をつついてみる。

もちっとしてすべすべだ。

「ヒルネさま。ヒールーネーさーまー」

つんつん、つんつん、とジャンヌが頬をつつく。

まったく起きないので、仕方なくジャンヌはヒルネの両肩に手を置いて、ゆっくりゆすった。

「ヒルネさま、起きてください。これから祭事の予行練習ですよ。経典を暗記しないといけません。ヒルネさま、ヒルネさま」

寝入ってしまったのか、まったく起きる気配がない。

ジャンヌが強めに肩をゆする。

「ヒルネさま、起きてください。この祭事は必ず出席するようにとゼキュートスさまに言われたのを忘れたのですか？　遅れるとワンダさまにお叱りを受けますよ。ヒルネさま」

「……んん」

「ヒルネさま、起きてください」

「……んふぅ」

まったく起きる気配がない。

普段であれば残念そうに目をこすって起きるのだが、こうも反応がないと何をしても起きないことをジャンヌは経験則から学んでいる。

仕方なく最終手段で、ヒルネを抱えて祭事の予行練習場所へ連れていくことにした。

加護のおかげかヒルネを数分運ぶぐらいなら問題ない。

「――失礼しますね」

ジャンヌが律儀に一礼してから、ヒルネの背中と膝の裏に手を入れようとした。

「あれ？」

しかし、ジャンヌの手が引っかかってしまう。

ヒルネと椅子がくっついているみたいに、指が入らない。シャリシャリと人をダメにする椅子の中身がこすれる音が響くだけだ。

「くっついてる？　え？」

試しにジャンヌはヒルネの両腕を持って引っ張ると、ヒルネの身体と椅子がひっついたまま滑った。聖女とおかしな形の椅子がくっついている。シュールな光景だった。

「えええっ？」

困惑するジャンヌ。

ヒルネの細い肩と椅子を両手で持って、引き剝がそうとしてみる。

「んんん……ハァ、全然はがれない」

あまり強くやると聖女服が破れそうで怖い。

ジャンヌは腕を組んで、どうしてこうなったか考えてみる。

「ヒルネさま、椅子に座ったまま仕事をしたいってずっと言ってたからな……ひょっとして、魔法でくっつけたのかな？」

ジャンヌは思い至って、ヒルネと人をダメにする椅子の接着部分に顔を寄せた。

目をこらすと、極小の星屑が散っている。聖魔法を使っている証拠だ。

「やっぱり！　これ私じゃはがせないよ！　どうしよう、もう時間がないよ！」

ジャンヌが頭を抱えてポニーテールを左右に揺らした。

そうこうしているうちにもう集合の時間になっている。

数秒、部屋の中をうろついて、ジャンヌは意を決した。

「よし。まずはお連れすることを優先しよう。あとはワンダさまにお任せしよう」

ジャンヌは分厚い経典三冊をヒルネの膝の上にのせ、落ちないように両手で抱えさせる。次にドアを開けてヒルネの後ろに回り込んだ。

「ヒルネさま、行きますよ」

そう宣言して、ジャンヌが人をダメにする椅子ごと押した。

布と床がこすれ、ヒルネが座ったまま移動する。

部屋の外まで出て、ドアを閉め、再びジャンヌがヒルネの背中を押した。

「ヒルネさま、起きてください」

聖句の刻まれた静謐な廊下をスーと音もなく移動する、椅子に座ったままの聖女。その背中を押すメイド。誰かに見られたら確実に噂話《うわさばなし》になる。

ジャンヌは恥ずかしくなって顔を伏せて押す力を強めた。

「――むにゃ」

「ヒルネさま、起きましたか⁉」

手を離して顔を覗き込む。

「――甘いお菓子……」

寝言だった。

ジャンヌががっくり肩を落とす。

「ヒルネさまぁ、起きてください～」

仕方なく聖女&椅子の運搬を再開すると、聖女専用の部屋のドアが開いて、水色髪の聖女が姿を現した。

「え？　なに？　ヒルネと……ジャンヌ？」

部屋から出てきたのはホリーだった。

何かを察したのか、ホリーが凄《すさ》まじい早歩きでジャンヌに近づいた。

「ちょっとジャンヌ、これどうしたの？」

ホリーが小声で寝ているヒルネを指さす。

「ホリーさまっ」

ジャンヌが女神が登場したと言わんばかりに両手を組んだ。

「ヒルネさまと人をダメにする椅子がくっついてしまったんです。聖魔法を使っているのか、はがせなくて」

「ああ……ホント聖魔法の無駄使いするんだから……」

ホリーが呆《あき》れ顔《がお》で額に手を当てた。

「ちょっと私がはがせないかやってみるわ」

そう言って、ホリーが聖句を唱えて解除魔法を発動させる。だが、効果はなかった。

ジャンヌとホリーが顔を見合わせた。

「……」

「……」

「すう……すう……」

静寂な廊下にヒルネの寝息が響く。

ホリーが腹をくくったのか、大きな吊り目に力を込めた。

「このまま運びましょう。今日の予行練習は重要よ。私も手伝うわ」

「ホリーさん、ありがとうございます。でも大丈夫です。聖女さまにそんなことさせられません」

「何言っているの。友達でしょ。行きましょう」

「ホリーさま……」

ジャンヌが瞳をうるませて、こくりとうなずいた。

「はい！」

「さ、押すわよ」

「わかりました。せーの」

この日、メイドと聖女が、椅子にくっついた聖女を押すという、メフィスト星教始まって以来の珍事が繰り広げられた。

祭典の予行練習部屋に到着すると、ワンダが盛大に頭を抱え、ゼキュートスが頬をぴくぴくとさせた。ゼキュートスが怒っていたのか、笑いをこらえていたのかは、誰にもわからなかった。

25.

ヒルネ、ホリーが参加した祭典は無事に終わった。

祭典には王都全体の浄化を強め、瘴気、魔物からの防衛力を高める意味がある。

聖女の姿を見ようと国民が集まるため、王国としても興行収入で潤う。

大司教ゼキュートスはぬかりなく多くの寄付を貴族たちから集めており、魔物の進行が激しい南方への援助金を捻出していた。

ヒルネも寄付金集めに大いに活躍した。

もっとも、本人は眠気をこらえて朗読していただけだったが。

（祭典も終わって肩の荷が下りたね。背徳の堕天使が没収されたのは遺憾の極みだけど）

政治家っぽくむっつり不機嫌そうな顔を作って、下唇を出すヒルネ。

聖女が椅子にぴったんこ事件で、背徳の堕天使こと人をダメにする椅子は、ワンダが厳重保管することになった。週に二回だけ使っていいとのお達しを受けている。ゲーム機を親に隠される子どもとまったく同じ扱いであった。

「遺憾でございます」

ヒルネが腕を組んだまま、ベッドにごろりと転がった。

「どうかされましたか？」

ヒルネの部屋を掃除しているジャンヌが振り返った。

今日も鳶色の瞳は元気に輝いていた。

「背徳の堕天使が没収されてしまい、残念だと思っているんです。ジャンヌはどう思いますか？」

「あの椅子は本当に人をダメにします。利用制限があるのはいいことです」

どうやらジャンヌも週二回の使用には賛成らしい。

確かに、ヒルネを椅子にくっついた状態で運んだのは記憶に新しい。というか、アレは恥ずかしかった。

「ジャンヌに言われては言い返せませんね」

「くっつかないと約束できるならワンダさまに相談してみますよ？」

「いえ、確証のない未来の約束はできません」

「……要するにまたくっつくかもしれない、ということですね？」

「そのとおりです」

「それじゃあ相談はできません。あのときすごく恥ずかしかったんです。椅子とくっついたヒルネさまを見た、ワンダさまとゼキュートスさまのお顔といったら……思い出しただけで顔が熱くなってきます」

ジャンヌが頬を赤くした。

ダメ椅子にくっついたヒルネを見たワンダの呆れ顔と、ゼキュートスの怒っているのか笑いをこらえているのかわからない顔は、ジャンヌの記憶に鮮明に残っている。

「ということで、週二回にしてくださいね。ヒルネさま」

「わかりました。今はそういうことにしておきましょう」

（極楽グッズを手放すわけにはいかないよ。さらなる改良をしないとね）

ヒルネがあくびをしながら、もっと座り心地のいい椅子を想像する。どうにかして座りながら行動する方法はないかと考えるも、現時点では改良案は思い浮かばない。

「座りながら祈りたいものですねぇ……」

「そんな遠い目をして言わないでください。はい、失礼しますね。お布団干してきますから」

ジャンヌがヒルネから鮮やかに掛け布団を取り、部屋を出ていった。

仕方なく起き上がり、質素な木の椅子に座った。

しばらくしてジャンヌが戻ってきた。

「ヒルネさま。本日は南門の武器庫にて浄化魔法の付与を行う予定です。そろそろ時間なので準備をしましょう」

「無念なり」

ヒルネが目を閉じて万歳のポーズを取った。

仕事に行きたくないらしい。

ジャンヌが素早く服を脱がし、準備しておいたぬるま湯でヒルネの身体を清める。その後、手慣れた具合で聖女服を着せていった。

◯

馬車で揺られること四十分。

南門の武器庫に到着した。

「聖女ヒルネさま、ご到着です！」

待っていた兵士たちが道案内してくれる。

（ほお、ここが武器庫か。殺伐としてて昼寝はできそうもないなぁ）

ヒルネが無骨な作りの武器庫に入り、中を眺めた。

石造りの武器庫は厳重に管理されているのか小さな窓に鉄格子がはまっており、油と鉄の匂いがした。

（大きな剣、槍《やり》、ハンマー、盾もあるね。血とかがついてなくて安心したよ）

スプラッタ映画が大の苦手であるヒルネは、ホッと胸をなでおろした。

「ヒルネさま。我々が入り口で警護しております。心置きなく作業してくださいませ」

若い兵士二人が恭しく一礼して、聖印を切った。

エリートなのか動きが機敏で顔つきも精悍《せいかん》だ。二人はヒルネを見て、絵物語から出てきた伝説の聖女に出逢ったような、奇妙な興奮を覚えていた。ヒルネの碧眼を見ると、何があっても守らねば、そんな気持ちが湧いてくる。

（警備のお仕事って大変そうだよね。感謝しないと）

「ありがとうございます。お二人に女神ソフィアの加護があらんことを――」

ヒルネが笑顔で聖印を切り、小さな星屑を出して浄化の聖魔法を二人の兵士にかける。

兵士たちは突然の出来事に固まり、すぐに膝をついて頭を垂れた。

「何ともったいない……」

「誠に尊き……」

言葉にならないのか感動している。

聖女に浄化魔法を唱えてもらえるなど、滅多に起きない幸運なことであった。

（浄化魔法ならいつでもかけてあげるよ。この人たちに幸せと安眠を――）

ヒルネが笑顔でうなずいて、二人に再度お礼を言って武器庫に入った。

（鉄と油っぽい匂いがする。ワンダさんがいないけど、一人でやってみるか）

本来の予定ならワンダも来るはずであったが、魔力量を鑑みてホリーについていくことにしたようだ。ヒルネをジャンヌにのみ任すのはとてつもなく心配であったが、いつまでも過保護ではいられない。

ちなみにホリーは別の武器庫を浄化している。

（一個一個浄化してたらキリがないねぇ。武器別にやっちゃうか）

まずは長剣が並んでいる場所へ行き、浄化魔法を付与した。ついでに切れ味が上がるように聖魔法を追加する。

続いて盾にも浄化魔法。こちらは盾が硬くなるような聖魔法を付与した。

さらに槍には浄化魔法と貫通力アップの聖魔法を付与しておく。

（全体的に汚れてるから、もうこの武器庫全部浄化しちゃおう。眠いし）

同じ作業をしていたら眠くなってきた。もう面倒になったらしい。

ヒルネはちょっと気合いを入れて聖句を省略し、聖魔法を展開する。大きな魔法陣が足元に浮かび上がり、大量の星屑が武器庫を隅々まで浄化した。

「これでよし……ふあぁっ……」

ヒルネ以外の聖女であれば、武器庫全体を浄化する聖魔法を唱え終わるまで、三十分以上かかる。さらに、浄化魔法や付与魔法を連発したあととなれば、魔力切れを起こすだろう。女神の加護のおかげであった。

「まだ時間がありますね。昼寝でもしましょうか」

鉄と油の匂いが薄れた武器庫には、いい空気が流れていた。

（何か枕になりそうなものは……枕……枕……）

枕を求めて武器庫を徘徊《はいかい》する聖女。

武器庫だけあって硬いものしか保管されていない。

しばらくうろついて、とあるものを発見した。

「あっ、これならまだマシかな？」

ヒルネが目につけたのは他の武器よりも弱そうな、ひのきの棒であった。

汚れていない床に浄化魔法をかけ、ごろりと横になり、ひのきの棒を頭の下に入れてみる。

（剣とか槍よりはいいね。頭のツボにフィットして気持ちいいかも）

気持ちいいのは勘違いだと思うが、まあ寝られないこともなかった。

剣や槍の柄は鉄製なので硬い。ひのきの棒がベストだ。

というより、眠くて他に探す気になれなかった。

（ひのきの棒……弱そうですね。これを使う人は心優しい人物なんでしょう。もし、これを装備する人がいたら……困らないことを……願います……）

弱っちいひのきの棒を使う兵士。

そんなことを想像していたら、ヒルネは眠ってしまった。

小さな窓からちょうど光が漏れていて、ヒルネの聖女服を照らしている。

「……すぅ……すぅ……」

寝ているヒルネから、キラリ、キラリと星屑が舞って、枕代わりのひのきの棒へと吸い込まれていった。

26.

いつまで経っても武器庫から出てこないので、ジャンヌと兵士が入ると、部屋の隅でヒルネが寝ていた。

しかも枕代わりにひのきの棒を使っている。

本当にすぐ寝てしまうんだなと、兵士二人は感心していた。

「ヒルネさま、起きてください」

ジャンヌが優しく肩をゆすると、「んむぅ」とつぶやきながら、ヒルネが目を覚ました。

「ふああっ……首が痛いです」

「ひのきの棒で寝ているからですよ。大丈夫ですか？」

「大丈夫です――聖魔法、自己治癒」

パッと光が輝いて星屑が舞うと、ヒルネの首が軽くなった。

「これで問題ないでしょう」

「よかったです。さあ、帰りの馬車が来ていますよ。行きましょう」

ジャンヌの手を取り、目をこすりながらヒルネが立ち上がった。

兵士たちに挨拶をして武器庫から出て、馬車で本教会に帰った。

（馬車の揺れ……眠くなる……）

ジャンヌの肩に頭をのせ、ヒルネはまた眠った。

○

それから一週間後、ヒルネが浄化と付与をした武器を使って、魔物討伐隊が組まれた。

南方から瘴気が王都方面へと流れ込んでいるため、王国が出兵に踏み切った。

第一陣として百人規模の部隊が十隊編制され、各々が指定の場所へと遠征する。

そんな十あるうちの一つの部隊で、とある出来事が起きていた。

「誰だ、こんな使えない武器持ってきたのは」

武器管理の兵士がひのきの棒を持ち上げた。

棒は長さ七十センチで警棒のような形をしている。実はこの武器、王都の警ら隊が所持していたもので、武器の入れ替えをしたときに武器庫に残ってしまったものであった。

「——これ、えらい使いづらいぞ」

ブンと男が棒を振る。

不可思議な力に邪魔され、うまく振れない。

水の中で振っているみたいだ。

「なんだこりゃ、おかしいぞ」

もう一度振るも、やけに重く感じる。

「これじゃうちのかみさんも倒せねえな」

武器管理の兵士が言うと、周囲にいた兵たちが笑った。

士気は上々。これから魔物との戦闘があるため、皆気分が高揚している。

「おい、ポンテ」

「は、はい！」

急に呼ばれた若い兵士があわてて駆けてきた。

小柄な青年は大きめの兜《かぶと》がズレるため、何度も位置を直している。

「ポンテ。おまえ剣も槍も苦手だったよな？」

「はい。恥ずかしながら、うまく使いこなせておりません」

「おまえ、優しすぎるんだよなぁ……人一倍努力してんのはここにいる全員が知ってるんだが……」

武器管理の男は、ポンテに目をかけていた。

ポンテは住んでいた村が魔物に襲われ、それがきっかけで兵に志願した。これ以上犠牲者を出さないため、自分の手で魔物を討伐する。そういった崇高な思いがあった。

しかし彼は心根が優しすぎた。

訓練中は相手を叩けず、模擬戦ではいつも相手を軽く叩いて、返り討ちにあってしまう。

訓練と言えど仲間を打ち据えるなど彼にはできなかった。

また、大のお人好しだった。困っている人がいれば手を差し伸べ、自己犠牲もいとわない。それで何度か痛い目にあっているくせにやめようとしない。

そんな理由で武器管理の男はポンテを気に入っていた。

単純にいいヤツなのだ。

「おまえが死んだら皆が悲しむ。魔物を斬れるか？」

男がポンテの装備している剣を指さした。

ポンテは逡巡《しゅんじゅん》し、ゆっくりとうなずいた。

「できると思い、ます」

「かぁ～歯切れが悪いなぁ」

男がバシバシと自分の太ももを叩き、持っていたひのきの棒をポンテに差し出した。

「剣がダメならこいつでぶっ叩け。いざとなったら投擲《とうてき》してもいい」

兵士に余計な武器を持たせるなどしない。特別であった。

「はい。ありがとうございます」

律儀に礼をし、ポンテがひのきの棒に触れた。

そのときだった。

ひのきの棒からまばゆい光が立ち昇った。

星屑が躍るように跳ね、ひのきの棒にまとわりつく。

「……な、なんでしょうか？」

「こいつぁ……」

ポンテがズリ下がった兜を直し、口を開けてひのきの棒を見ている。

棒の周りで星屑が躍っている。まるで聖女の聖魔法のようだ。

「俺が持ったときはこんなこと起きなかったぞ……。ちょっと貸してみろ」

武器管理の男がポンテからひのきの棒を受け取ると、途端に星屑が消えた。

周囲にいる兵全員で試したが、星屑が出るのはポンテが持ったときだけだった。

その後、ひのきの棒はポンテ専用の武器になった。

その性能たるや驚きで、軽く叩けば魔物が消滅する。一閃《いっせん》で魔物がはじけ飛ぶ。対魔物戦に特化した聖なる武器であった。

ポンテの戦闘スタイルにもぴったり合致した。

ポンテの名前のごとく、ポンと叩けば魔物が消滅する。心置きなく戦うことができた。

第一陣、魔物討伐隊の作戦は成功に終わった。

ヒルネが浄化した武器のおかげで各部隊は大戦果を上げるのだが、十ある部隊のうち、一番活躍したのはポンテの在籍する部隊であった。

心優しき青年兵はひのきの棒で、魔物退治のエースになった。

「きっと女神さまが、勇気のない自分にひのきの棒を授けてくださったんだ……」

ポンテは腰にくくりつけたひのきの棒を大切そうに撫でた。

やがてひのきの棒は心優しき正直者しか使えない武器として有名になり、伝説の槍ゲイボルグから名を取って、ヒノキボルグと命名される。命名には十の貴族とメフィスト星教幹部が集まったらしいが……何も言うまい。

とある聖女が枕代わりに使っていたことがいずれわかるのだが、まだ先の話だ。

○

「ヒルネさま」

「なぁに？」

ジャンヌが、人をダメにする椅子で極楽浄土スタイルを取っているヒルネを見た。

「ヒルネさまが浄化をした武器を持った兵士さんたちが、大活躍したそうですよ。ヒルネさまが付与してくださった聖魔法のおかげだと、皆さんから感謝状が届いております」

「まあ、それはよかったです。皆さんのお役に立ててとても嬉しいです」

（真面目に仕事をしてよかった……。次も浄化と付与、両方しよう）

にこりとヒルネが笑うと、ジャンヌも笑顔になった。

「本教会もヒルネさまに一目置いているんですよ？　これなら大聖女さまになる日も近いですね」

ジャンヌが満面の笑みを作る。

（聖女になってからもう四ヵ月か……。早く大聖女になりたいな）

シャリシャリと音を鳴らして頭の位置を直し、ヒルネは天井を見上げた。

（でも、大聖女になったら南方地域に行かされる可能性が高いよね。南にだけ大聖女がいないもん……。まあ、そうなったらそうなったでどうにかしよう。何もない土地のほうが、かえって自由にできていいかもしれないしね。フフフ……ふかふかのお布団と背徳の堕天使を至るところに設置した大聖女専用の教会……なんて素晴らしい……）

ヒルネは大聖女になった自分を夢想して、顔がにやけた。

「……ふあぁっ……今日も平和ですねぇ……眠くなってきますね、ジャンヌ……」

あれこれ考えていたら眠気がやってきて、ヒルネは意識が遠のいていった。

「ふふっ、平和ですね。ヒルネさまが頑張っているおかげですよ――」

ジャンヌが嬉しそうにつぶやき、ヒルネにそっと掛け布団をかけた。

27.

ヒルネが聖女になって半年が過ぎた。

最近、ジャンヌの機嫌がいい。

「南方の魔物討伐がうまくいっているみたいです。凄腕《すごうで》の聖女さまも配属になっているそうで、人の流れが戻っているみたいですよ！」

南方生まれのジャンヌが鳶色の瞳を輝かせた。

今日もメイド服にポニーテールが似合っている。

ジャンヌの育ての親である祖母と叔父は、村の人々を守るため盾となり犠牲となった。ジャンヌにとって南方地域の解放は気になるニュースだ。

「ヒルネさまとホリーさまが浄化した武器が大評判で、私はメイドとして鼻が高いです」

えっへんと可愛らしく両手を腰に当てるジャンヌ。

そんな可愛いメイドさんを見て、ヒルネが楽しげに目を細くした。

「ジャンヌが嬉しそうで私も嬉しいです。浄化を頑張ったかいがありましたね」

浄化後はだいたい居眠りしていたのだが、本人としては頑張ったつもりであった。

武器を枕代わりにするのはいかがなものでしょうか、とジャンヌに小言を言われたので、あれ以降は自分の腕を枕にしている。第二のヒノキボルグ誕生とはならなかった。

「そういえば、今日はホリーと一緒に兵士さんたちの前で朗読会でしたね？」

「そうですよ」

「ホリーと会うのも久しぶりですね」

「つい一昨日、ヒルネさまがベッドに引き込んで一緒に寝たばかりですよ」

「そうでしたっけ？」

「そうですよ」

くすくすとジャンヌが笑う。

ホリーは「私は自分の部屋で寝るわ。聖女になってまで千枚廊下の掃除をさせられてはたまらないもの」と頑《かたく》なに拒んでいたくせに、いざ布団に入ると秒で寝ていた。ジャンヌはそれを思い出しておかしくなったらしい。

「三人で寝ると気持ちいいですもんね」

ヒルネと一緒に寝ることが当たり前になっているジャンヌは、うんうんとうなずいた。

ヒルネも小刻みにうなずいている。

「ぬくぬくです。ホリーは体温がちょっと高いので最高の抱き枕です。筆頭聖女枕ですね」

よくわからないことを言って、ヒルネが満足げにうなずいた。

「ホリーさまに言ったら怒られますよ」

ジャンヌが微笑みながら、ベッドに寝転んでいるヒルネの腕を引いた。

「さあヒルネさま。お支度をしましょうね。皆さんが待っていますよ」

「仕方ありません。兵士さんたちを思えば、着替えないわけにはいかないですね」

くっ、無念、と言いたげな表情でヒルネはベッドから下りて万歳降参のポーズを取った。

ジャンヌがてきぱきとヒルネの身支度を済ませていった。

（さて、行きますか）

「おはようヒルネ。今日も眠そうね」

「おはようございます、ホリー」

聖女専用談話室でホリーと合流し、礼拝堂へ向かった。

すでに準備は整っているらしい。

「あなた朗読中に寝ないでよね。寝そうになったらお尻つねるからね」

準備をしつつ、ホリーが小声で言った。

ヒルネが素直にうなずいた。

「お願いします。今にも寝そうです」

「こらこら」

ホリーが小さくため息をついた。

荘厳で静謐な雰囲気が漂う礼拝堂には千人ほど兵士が並んでいる。

王国の精鋭たちは直立不動だ。息遣いが聞こえてきそうなほど、静かであった。

十歳の聖女二人が女神像の前へ立つと、ザッ、と音が響いて一斉に兵士がひざまずいた。

(おお、すごい。壮観だね)

ヒルネは眠たげな瞳を開いて礼拝堂を眺めた。

精緻な作りのステンドグラスからは淡い光がこぼれ、兵士たちを照らしている。

「女神ソフィアさまにご加護を賜るべく、朗読会を行います――」

進行役の司教が厳かに告げた。

○

ホリーに何度かお尻をつねられたが、無事に朗読会は終わった。

次は兵士宿舎を見回ることになっている。

瘴気が入り込んでいないか確認するというのが建前だが、本音は兵士の士気向上が狙いだ。聖女が見回ることで、兵士たちはまた頑張ろうという気持ちになる。

実際、見目麗しいヒルネとホリーは大人気だった。

純白で精緻な作りをしている聖女服の二人を見ると、守らねば、という気持ちと、女神の加護で守られている、という両方の気持ちが湧いてくる。

メフィスト星教最年少聖女の効果はてきめんだ。

特にヒルネの神秘性といったらなかった。兵士たちが「尊い」とか「美しい」などつぶやいて、ありがたそうに聖印を切っている。

（地元の有名人になった気分だよ……女神さまにいただいた身体だから、私が美少女なのは間違いないんだけど……いかんせん中身が……。あまり考えるのはやめよう）

いまだに自分の顔を鏡で見て驚くことがある。整いすぎているからだ。

ヒルネはどこでも居眠りする自分を思い返して明らかに見た目負けしていると思うも、すぐに眠くなってきてどうでもよくなった。

（眠いなぁ……）

あっふと大きなあくびを一つ。

兵士宿舎の見回りも終わって休憩時間だ。

このあと、もう一つの宿舎を回って本教会に帰宅する流れになっている。

ふと待機室の窓を見上げると、煙突が見えた。

白い煙がそよ風に吹かれて形を変えている。

「ジャンヌ、あの煙突はなんでしょう？」

王都は広い。ヒルネは初めて見る煙突を指さした。

一緒に休憩していたジャンヌとホリーも煙突を見上げた。

「あちらは湯屋ですよ。王都では結構見かけるのですが、ヒルネさまは初めて見ますか？」

「湯屋？　いま湯屋と言いましたか？」

「あ、はい……言いましたけど」

ジャンヌが目をぱちくりさせると、ヒルネがめずらしく機敏な動きで立ち上がった。

それを見てジャンヌとホリーが驚いた。

「行きましょう。こうしてはいられません。お風呂ですよお風呂。私がどれだけ入りたかったか知っていますよね？」

ヒルネがズビシと煙突を指さした。

イヤな予感がしてきたホリーがあわてて口を開いた。

「あなたまさか湯屋に行こうとしているの？　冗談よね？」

「冗談なものですか」

星海のような碧眼をこれでもかとキラキラさせ、ヒルネがホリーに顔を近づけた。

うっ、と唸ってホリーがのけぞった。

「お風呂に入ったあと寝ると大変寝付きがよくなります。最高なんです。お風呂毎日入りたいです」

「あなたいつでも寝付きいいじゃない」

「違いますよホリー。お風呂に入ったと入っていないじゃあ食後のデザートがあるとないくらいの差があります」

うんとうなずいて、ヒルネが素早い動きで窓を開けた。

「ちょっとちょっと！　何するつもりなの⁉」

「湯屋に行きます。レッツゴーです」

ホリーが窓枠に手をかけたヒルネの腰をつかんだ。

「ジャンヌ！　ヒルネをどうにかして！　聖女が湯屋に行くなんてとんでもないことだわ！」

メフィスト星教ができてから約千年、仕事の休憩中に聖女服のまま湯屋に行った聖女は一人もいない。

ジャンヌがどうしたものかとあわあわ腕を振っている。こんなに嬉しそうなヒルネを止めるのはなんだかかわいそうだった。

「ホリーも行くんです。ジャンヌもですよ」

ヒルネが嬉しそうに振り返った。

「私も⁉」

「さっと入ってささっと出てくれれば大丈夫です。ああ、タオルの心配ですか？　問題ありません。聖魔法で解決です」

「タオルは心配してないわよ！」

ホリーが言っているうちに、ヒルネが浮遊の聖魔法を唱えた。

星屑がキラキラと舞って、ヒルネ、ホリー、ジャンヌの身体が浮いた。

「わっ、浮いてます！」

「ヒルネ！　ちょっと勝手にやめて！」

ジャンヌが目を丸くして、ホリーが聖女服のスカート部分を押さえる。ホリーの聖女服は丈が短い。

「出発です～」

のんびり口調でヒルネが言うと、星屑が嬉しそうに舞いながら三人を窓の外へと運んでいった。

28.

聖女二人とメイド一人が湯屋の前に着地した。

歩くのが面倒だったヒルネが、兵士宿舎からここまで浮遊魔法を使ったのだ。

ヒルネが感慨深げに赤レンガの建物を見上げた。

（銭湯。これは銭湯だよ……ちょっと洋風な感じの……生前は頑張ったご褒美で入りにきたなぁ……）

王都の外れにある湯屋『癒やしの湯』は庶民的な銭湯であった。銅貨三枚——日本円だとおおよそ三百円くらいだろうか。手頃な金額で入れる地元民憩いの場である。

暖簾《のれん》が垂れているのは奇《く》しくも日本と同じ文化であった。

金髪聖女ヒルネ、水色髪聖女ホリーが並んでいると、この上なく目立った。

昼過ぎの通りには人が往来しており、「聖女さまだ！」「居眠り姫ですわ」などの声が上がっている。誰もが恐れ多いと思っているのか二人に声をかける者はおらず、遠巻きに見て聖印を切って通りすぎていく。聖女がいかに大切にされているかがわかる光景であった。

「ヒルネ、早く戻りましょう。お仕事の休憩中に湯屋に行ったなんて知れたら千枚廊下掃除じゃ済まないわよ。ワンダさまが頭を抱えるわ」

ホリーがヒルネの裾を引いた。

「大丈夫です。ささっと入れば問題ありません」

「戻りましょうよ～」

ヒルネが一度言い出すと聞かないことを知っている。主に睡眠欲に発揮されるのだが、今回は風呂に入りたいという欲求に突き動かされていた。ホリーは半ばあきらめぎみにジャンヌを見た。

「ジャンヌ。ヒルネを止めて」

「ヒルネさまはこうなると他が見えなくなるので……無理かと……」

申し訳なさそうにジャンヌが言い、ホリーがだよねぇと言いたげに肩を落とした。

ジャンヌがいちおう言ってみようとヒルネの肩を叩いた。

「あの、ヒルネさま。聖女さまが湯屋に行くなど聞いたことがなく――」

「ジャンヌ、とっても楽しみですね！　一緒に入りましょうね！」

振り返ったヒルネの瞳がまぶしい。

南方に咲くヒマワリ草のようである。

ジャンヌはヒルネの「一緒に」というフレーズを聞いて嬉しくなってしまい、無意識に「はいっ！　一緒に入りましょう！」と快諾してしまった。

言ってから鳶色の目をびっくりさせて、しまった、という顔をしても遅い。

「ハァ……あなたは何の抑止力にもならないわねぇ……」

「失敗しましたぁ……」

やれやれとホリーが肩をすくめ、ジャンヌが情けない声を上げた。

「どうしたんです二人とも。早く入りましょう。休憩時間がなくなってしまいます」

ヒルネが首をかしげた。

そのときホリーが何かを思いついたのかポンと手を叩き、自信の満ちた顔つきで口を開いた。

「そう。そうだわ。ヒルネ、残念だけど私たちはお金をもっていないわ。湯屋に入るには銅貨三枚が必要なのよ。だから湯屋に入ることはできないわ」

ふふんと得意げにホリーが言うと、輝いていたヒルネの顔がみるみるうちに暗くなっていった。

ヒマワリ草は萎れて、ダイコンの干物のようになった。

「そうでした……聖女はお金を持ち歩いてはいけないんでした……なんということでしょう……せっかくお風呂に入れると思ったのに……」

本気で落ち込むヒルネ。

転生してから二年半。一度も風呂に入っていない。

毎日朝晩、ジャンヌが丁寧に身体を清めてくれており、夏場は水浴びをしたりしているが、風呂に入るのは元日本人として格別な思い入れがある。落ち込むのも無理はなかった。

悲しげな顔をしているヒルネを見て、ホリーは息を詰まらせた。

「……ッ」

なんてことを言ってしまったのだろうと後悔する。

ホリーはなんだかんだ面倒見がよく、いい子であった。彼女はあわてて両手を広げた。

「だ、大丈夫よ！　私が湯屋にお願いして入れるようにしてもらうわ！　だから元気出して。ねっ？」

「そうです！　私も頼んでみます！　聖女付きのメイドに不可能はありません！」

ホリーに加えてジャンヌも、ヒルネを励ました。

「そうでしょうか……？　でも、お金を払わないというのはよくないと思います。湯屋の方にも生活がありますし……」

もとが貧乏だっただけあり、ヒルネはどうにも気になってしまう。

「私にまかせなさい。二人とも、ここにいるのよっ」

ホリーがこれ以上ヒルネを悲しませないぞという気概で、湯屋の暖簾をくぐっていった。

完全に趣旨が変わっていた。

しばらくしてホリーが得意満面な表情で出てきて、「無料で入っていいそうよ」と言った。

「本当ですか⁉　さすがホリー！　ありがとう！　大好き！」

ヒルネが笑顔になってホリーに飛びつき、嬉しさのあまり身体を左右に揺らした。

（お風呂――っ！　ホリーありがとう！）

「まあ、別にいいわよ……別に……」

ホリーが照れているのか頬を赤くして、なすがままにされている。

それを見たジャンヌはハッピーエンドな映画のエンドロールを見ているかのように、笑みをうかべておもむろに何度もうなずいていた。さっきまで止めようとしていたメイドはどこに行ったのか。

周囲にいた人々も抱き合う聖女二人を見て、何かいいことがあったのかと嬉しそうに聖印を切っている。微笑ましい光景だった。

「仕方ないから湯屋に入るわよ。行きましょう、ヒルネ」

最終的にはホリーがヒルネの手を引く形になった。

「行きましょう。ほら、ジャンヌも」

ヒルネがジャンヌの手を握り、三人仲良く湯屋へ入っていった。

○

湯屋は清潔に掃除されていて、男湯と女湯に分かれていた。

（広いなぁ。銭湯っぽいけど壁が石造りなんだね。風呂上がりの人が椅子に座って涼んでるよ。あ、服が干してある）

ヒルネはきょろきょろと首を動かして湯屋を観察した。

「……！」

一方、番台にいた年寄りの女主人は聖女がウチの風呂に入るのかと半信半疑であったが、楽しそうなヒルネ、ホリー、ジャンヌが暖簾をくぐったのを見て両目をかっぴらき、尊さと申し訳なさで変な汗が出てきた。

彼女は腰が曲がっているにもかかわらず、素早い動きで番台から降りると、何度も礼をして聖印を切った。

「聖女ヒルネさま、聖女ホリーさま、湯屋の主人カーラと申します。こんなボロくて長く続いていることしか能のない湯屋に来ていただき……恐縮でございます……嬉しくて曲がった腰が伸びそうです……死んだ主人もきっと喜んでいると思います」

　カーラの話を聞いて、ホリーが彼女の手を取った。

「突然の訪問申し訳ございません。三人も無料にしてくださって、本当に感謝申し上げます。あなたの優しさは女神ソフィアさまもきっとご覧になっているはずですわ」

　真面目なホリーの心からの言葉が、カーラの胸を打った。

　ストレートな感謝に彼女は目から涙をこぼした。

「主人が死んで、兵士の息子も一年前に魔物討伐に行ってから帰ってこなくて……一人で湯屋をやってきました。もうやめてしまおうと何度も思ったんですけど……息子の帰ってくる場所を残しておきたくて、こうしてまだ未練がましく湯屋をやっていたんですよぉ。聖女さまに来ていただけるなんて、あたしは……あたしは……」

　ヒルネが一歩前へ出た。

「カーラさん、ありがとうございます。私が湯屋に入りたいとわがままを言ったのです。本当に素敵な湯屋ですね。入るのが楽しみです！」

　ヒルネがカーラの瞳を覗き込み、碧眼をくしゃりと横にして笑った。

　カーラはそんなヒルネを見て喉を震わせ、おいおいと声を上げて泣き始めた。

「ありがとうございます。ありがとうございます」

曲がった腰のカーラが泣いているのを見て、ホリーとヒルネが彼女の背中をゆっくりと撫でた。

風呂上がりの常連客からは「ばあさんよかったな！」とか「カーラさん、これは幸運なことだよ」とか「いつもありがとね！」などの声が上がる。ジャンヌはポケットからハンカチを出して涙を拭いていた。

（カーラさん……この湯屋が小さな幸せをみんなに配ってるんだね……）

ヒルネが曲がった背中を見て瞳を潤ませた。

カーラが落ち着くのを待ってから、ヒルネ、ホリー、ジャンヌはタオルを受け取って女湯の暖簾をくぐった。

29.

ヒルネは湯屋『癒やしの湯』の女湯に入った。

脱衣所はシンプルな作りで、木製の鍵がついた個別のロッカーがある。

（全部木でできてるね。鍵をかけて、首から紐《ひも》でぶら下げる感じなんだ……へえ）

ヒルネは異世界の風呂屋に感心しながら、めずらしく素早い動きで万歳のポーズを取った。

するとジャンヌが何も言わずに聖女服を脱がしてくれる。

鮮やかな手さばきでヒルネの聖女服を畳んでロッカーに入れ、自分もメイド服を脱いで同じロッカーに入れた。

「ジャンヌの動きが職人芸ね」

呆れと称賛を込めてホリーがつぶやくと、ジャンヌが「失礼します」と言ってホリーの聖女服も脱がしていく。複雑な聖女服をものの三十秒ぐらいで完全に脱がされ、ホリーが戦慄してタオルで身体を隠した。

「ヒルネ、一番怒らせちゃいけないのはジャンヌよ。いいわね」

「ジャンヌは怒ったりしませんよ？」

安心しきっているヒルネを見て、それもそうね、とホリーがうなずいた。

そんなやり取りをしている間にも、ジャンヌがどこから出したのか髪結い紐も出して、ヒルネ、ホリーの髪をアップにした。自分のポニーテールも上にまとめる。ホリーの聖女服もロッカーに入れ、鍵をしめて首にぶら下げた。

「ホリー、ジャンヌ、入りましょう」

ヒルネが率先して風呂場の扉をがらりと開けた。

少女三人が湯けむりの中へ入っていく。

（おおおお！　銭湯！　異世界銭湯！）

中は広くて、その中心部に一つだけ大風呂があった。

温泉が湧いているのか、石造りでできた風呂から滾々《こんこん》と湯が流れている。

すでに湯へ入っているご婦人たちは極楽だ、という顔つきだった。気持ちよさそうだ。

(早く入りたい。身体を洗うお湯は奥のお風呂から取る仕組みかぁ……シャワーとかないもんね)

奥には大きな木製の湯船が設置してあり、何人かいる客が湯を風呂桶《おけ》に汲《く》んで、近場の椅子に腰をかけていた。身体は手ぬぐいでこするみたいだ。石鹸《せっけん》はないらしい。

「ヒルネさま。まずはお身体を洗いましょう」

「そうですね。これは一刻を争います。早く洗ってあの大風呂へ入りましょう」

ヒルネが早足で歩くと、ホリーが後ろから声を上げた。

「ちょっとヒルネ、転ばないでよね」

「大丈夫ですよ」

少女たちが楽しげに入ってきて、先客が微笑ましそうに見ている。

ヒルネが空いていた椅子に腰掛けると、ジャンヌが湯を汲んできて、持っていた手ぬぐいで身体を洗ってくれた。

「ジャンヌ。バシャバシャお湯をかけてください」

「こうですか?」

ジャンヌが惜しげもなくお湯をヒルネへかけ、身体を拭いてくれた。

「いいですね。私たちにはこれが足りなかったんですよ」

「そうかもしれませんね」

ジャンヌがくすくすと笑いながら手を動かしてくれる。

（いつも桶に入っているお湯だけで拭いてるからねぇ……最高だよ……）

ヒルネがぼんやり考えていると、自分で湯を汲んできたホリーが隣に座った。

「あなた世界で一番まぬけな顔になってるわよ」

「そうですか？」

「聖女らしからぬしまりのない顔ね。気をつけなさいよ」

「お風呂にしかめっ面はいりませんよぉ」

笑っているヒルネを見ていると、つい自分も気が抜けそうで、ホリーが口を真一文字にして馬車のメンテナンスをする整備士みたいな顔つきで自分の身体を拭き始めた。

すると、ヒルネを洗い終わったジャンヌがホリーの背後にやってきて「失礼します」と言って、洗い始めた。

「自分でやる――」

驚いたホリーが手ぬぐいを持ち上げた状態で固まり、やがて目を閉じた。

「あ……ああ……っ」

くすぐったいのか、気持ちいいのか、ホリーが内股になった。

「痛かったら言ってくださいね」

「……痛くない」

「それはよかったです」

ジャンヌが嬉しそうにホリーを磨いていく。

しばらくして終わると、ホリーがだらりと身体を弛緩《しかん》させた。

「ヒルネ、これを毎日してもらってるの？」

「ええ、そうですよ」

「ズルいわよ。私のメイドよりもジャンヌのほうがうまいわ」

「ジャンヌは史上最強のメイドですよ？　だから仕方のないことです」

ヒルネがさも当然といった顔つきで言った。

ちょっとした冗談のつもりであるが、寝ている間に女神の加護を誰よりも受けているので事実であった。ジャンヌは照れている。

「それじゃあジャンヌ、手ぬぐいを貸してください。今度は私が洗いますね」

「え？　そんな！　いいですよ、自分でやりますから！」

「日頃の感謝ですよ。さあ」

ヒルネがジャンヌの持っていた手ぬぐいを取った。

「私もやってあげるわ」

ホリーが立ち上がってジャンヌの肩を持ち、椅子へ座らせた。

「あっ」

ヒルネとホリーが入念にジャンヌの身体を洗い始めた。

「私は自分で……くすぐった……アハハ！　脇は自分でやります！　ダメです！」

ジャンヌが笑い始めてしまい、ヒルネとホリーが目を合わせ、湯をかけながら手ぬぐいで弱点を集中砲火した。

きゃっきゃと笑いながら身体を洗っていると、湯に入っているおばちゃんが声を上げた。

「お嬢ちゃんたち、洗ったらお湯に入りなぁ。気持ちいいよぉ」

その言葉に三人は手を止め、素直に「はぁい」と返事をする。

カーラが主人だけあって客も優しいようだ。

ヒルネ、ホリー、ジャンヌは大風呂へ近づいて、一段石段を上り、お湯へ足を入れた。

一気にお湯へ入ると、三人は肩まで身体が沈んだ。

（お風呂最高～……気持ちいい～……）

「はぁ～……あったかいですね」

「気持ちいいわ……」

「ですねぇ……」

思わず目を細める三人。

（深いから座ったりできないかな……）

ヒルネが目を開けると、先ほど声をかけてくれたおばちゃんが、「こっちに子ども用の段差があるよ」と教えてくれた。

「ありがとうございます」

笑顔でヒルネは答えて、湯の中を進んで子ども用の高い段差に腰をかけた。

座ると肩から上が出る高さになる。

ジャンヌとホリーの手を引いて、二人が両隣に座った。

(いい湯だね……)

大風呂の中心部から温泉が出ているのか、湯の真ん中が不規則に膨らんでいる。湧き出る湯の流れで肩に当たる湯も形を変えた。そのかすかな肌触りの変化が心地よかった。

ヒルネが天井を見上げると、水蒸気でできた水滴が丸い粒になって連なっていた。

(あの水滴……人をダメにする椅子みたいだね……)

見つめていた水滴が落ちて、ぽちゃんとお湯に跳ねた。

「……来てよかったですね」

ホリーの大きな吊り目と、ジャンヌの鳶色の瞳を見て、ヒルネが笑った。

風呂に入って二人の頬がバラ色に染まっている。

「そうですね。本当に来てよかったです。とっても気持ちよくて楽しいです」

ジャンヌが一点の曇りもない笑顔を見せてくれた。

ホリーは口元をむにむに動かしていたが、やがて観念したのか、口を尖《とが》らせた。

「まあ……気持ちいいのは認めるわ……ありがとね、ヒルネ」

「いえいえ。いつもわがままを言ってすみません。色々教えてくれてありがとう、ホリー」

ヒルネがいつも面倒を見てくれるホリーへ感謝を込めて笑いかけると、ホリーがぷいとそっぽを向いた。

「別にいいのよ。あなた、私がいないと何もできないみたいだし」

「頼りにしてます、ホリー」

「ああ、やだやだ。ヒルネといるといつも調子が狂うのよね。これがワンダさまに知られたら千枚廊下の掃除だわ」

そう言って天井を見上げるホリーは、言葉と違って楽しげな表情だった。

30.

お風呂の気持ちよさに「ほわぁ」と声を漏らしていると。ヒルネはふとカーラの曲がっている腰を思い出した。

（あとで腰を治してあげようかな……でも、せっかく温泉があるんだから、お湯の効能で治ったほうがいいかも。それならみんな元気になるよね）

ヒルネは天井で粒になっている水滴を見ながら、これは名案だと眠たげな目を大風呂へ向けた。

「気持ちいいわね。ジャンヌ、お風呂に入ったことはあるの？」

ヒルネ越しにホリーが聞いた。

「一度だけ入ったことがあります。南方は山奥に温泉が湧き出ているので、有料の案内人がいて、隊列を組んで温泉に入りにいくんですよ」

「へえ、それは面白いわね」

「はいっ。南方が安全になればまた行けると思います」

「いいわね〜」

ホリーとジャンヌが笑い合っていると、真ん中にいるヒルネから突然、魔法陣が展開された。

魔法陣が大風呂を輪切りにするように浮かび上がる。

「え⁉」

「ヒルネさま⁉」

二人がすぐさまヒルネの顔を見る。

湯につかってのほほんとしていたご婦人たちも、「きゃあ！」「こりゃなんだい⁉」と血相を変えて立ち上がった。

（聖魔法――癒やしの力――継続的にカーラさんの湯屋に効果が続きますように……）

ヒルネが目を閉じて祈ると、シャラシャラと渦を巻いて星屑が躍り、石造りの大風呂に飛び込んでいく。星屑は男湯にも向かって飛ぶ。星屑が湯の水面で遊ぶようにして跳ねた。

「星屑が躍ってます」

ジャンヌが驚いて指を差した。

「本当ね。こんな聖魔法……聞いたことがないわ」

聖女であるホリーが驚きの表情でヒルネを見る。

星屑が大風呂に吸い込まれると、今度は天井へと駆けていく。

我先にと天井にくっついては消えていった。

「あたしゃ見たことあるよ！　こりゃあ聖なる魔法だよ！」

先ほどヒルネたちに声をかけたおばちゃんが風呂場にいる全員に聞こえるように言って、魔法陣の中心にいるヒルネを見つめた。中にいた人たちが一斉にヒルネを見る。

「お、お嬢ちゃん……まさかとは思うけど、その子、聖女さまかい……？」

恐る恐るおばちゃんがジャンヌに聞く。

「はい。この方は歴代で一番大きい聖光をお出しになって聖女になられた、聖女ヒルネさまです」

ジャンヌが誇らしげに胸を張った。

するとおばちゃんや他の客たちが、「なんてこった」と頭を垂れて何度も聖印を切った。

信心深い女性は涙まで流している。

湯屋に来る聖女など一人もいないので、驚きは相当なものだった。

「……ふう、これでいいでしょう」

ヒルネが魔法を止めると星屑が躍りながら霧散した。また呼んでくれよな、と言っているみたいだ。

「あれ、皆さんどうかされましたか？」

「ヒルネ、いきなり聖魔法を使わないでよね」

ホリーがヒルネの二の腕をぐりぐり押した。

「ああ、すみません。思いついたら即行動がこの身体に染み付いておりまして」

「よくわかんないけど皆さんびっくりしてるわよ」

ヒルネが周囲を見ると、女性客全員が頭を垂れていた。

「皆さん大変お騒がせいたしました。カーラさんの湯屋がとても素敵なお店だったので、何かお礼ができないかと思いまして……このお風呂に入ると元気になるように魔法をかけておきました」

にこりとヒルネが笑うと、おばちゃん客が「あれ」と肩を回し始めた。

「怪我してから肩が上がらなくなってたんだけど……肩が軽い……あれ？　あれぇ？」

おばちゃんが登板前の投手のように右肩をぶん回している。

やがて、驚きは感激に変わり、すぐさま風呂を飛び出していった。

「カーラばあさん、入りなよ。ほら、ほら」

おばちゃんは常連客らしく、女主人のカーラを連れてきた。

腰の曲がったカーラが困惑した顔で「あたしは毎日入ってるよ」と苦笑している。

「聖女さまがお風呂に聖魔法をかけてくださったんだよ！　あたしの肩を見てよ、ほら！」

得意げに肩を回す常連客。

それを見てカーラも驚いた。

「あんた屋根から落っこちて肩が上がらなくなったはずじゃ？　じゃあ本当に聖女さまが聖魔法を使ってくださったのかい……？」

「だからそう言っているだろう。ほら早く服を脱いで入んな。あたしが店番やっとくからさ」

常連客は颯爽《さっそう》と風呂場から出ていった。

カーラが年季の入った石造りの大風呂を見て、中に入っているヒルネ、ホリー、ジャンヌを見た。しわのあるまぶたがせわしなく動いている。

「カーラさん、勝手に聖魔法をかけてしまいました。ごめんなさい」

（困らせちゃったかな……？）

ヒルネが眉を下げて謝った。

すると、カーラが「とんでもございません」と礼をして急いで脱衣所に行き、服を脱いで身体を洗い、手ぬぐいを持って大風呂へ入った。

「ああ……染みる……」

カーラがつぶやくと、天井についていた水滴がぽちゃんとお湯へ落ちた。

水滴は跳ねると星屑に変わり、パッと輝いた。

「あらま、水滴が星屑になったよ」

「私が聖魔法を使ったからです」

ヒルネが嬉しそうに笑うと、ヒルネの鼻先にぽちゃりと水滴が落ちてキラキラと星屑が舞った。

「あっ。ちょっと冷たい」

「ほんとねぇ」

「綺麗です」

ホリーとジャンヌがそれを見て楽しげに笑う。

ヒルネは鼻先を指でこすって、えへへと白い歯を見せた。

カーラはなんだかその光景が尊いものに見え、自然と顔に笑みが浮かんでいた。

「カーラさん、腰が……」

お客の一人が気づいたのか、カーラの背中を指さした。すると他の客も気づいたのか、あっと驚きの声を上げる。

「あたしの腰がまっすぐになってるよ！　ああ、こりゃあ……驚いたねえ」

毎日一人で風呂掃除をしていたせいで腰が曲がっていたが、カーラの腰は嘘みたいにピンとまっすぐに伸びている。

「よかったですね、カーラさん」

（カーラさん、ずっと元気でいてほしいなぁ）

ヒルネが嬉しげに首を小刻みに左右に振った。

その仕草が可愛らしくて、カーラはつい孫を見るような目になった。幸せそうなヒルネを見ていると、聖女とかそういった肩書がどうでもよく思え、本音の言葉が漏れた。

「ヒルネちゃん、ありがとねぇ」

「こちらこそありがとうございます。素敵なお風呂ですね」

「いつでも入りに来なね。お友達もね」

しわのある目を細めて、カーラが母親のように笑う。

「はい。また来たいです。カーラさんの優しさに感謝いたします」

「ありがとうございます」

ホリーとジャンヌもあらためて礼を言った。

「んあ」

ヒルネはすでに話を聞いておらず、のんびり口を開けて落ちてくる水滴を食べようとしている。

それを見て、ホリー、ジャンヌ、カーラはくすくす笑った。

「のんびり屋な聖女さんだねぇ」

カーラが言うと、ホリーが「いつも困ってるんです」と苦笑いをした。

周囲の客たちも微笑ましいものを見る顔をして「あらあら」と笑みを浮かべている。

ぽちゃん、とヒルネの小さな口に水滴が入り、星屑が舞った。

「今見ました？　口に入りました。ジャンヌ、見てました？」

（お風呂楽しいな……また来よう）

大きな碧眼をぱちぱち開閉させるヒルネを見て、ジャンヌが見てましたよ、と笑顔でうなずいた。

ホリーがため息まじりに肩をすくめ、カーラは一人息子が幼かった頃のことを思い出して、幸せな気持ちになった。

（カーラさんの息子さん、帰ってこれるといいな……女神さま、彼にご加護を……）

ヒルネは口を開けながら、カーラを見てそんなことを祈った。

キラリと星屑が光る。

天井の端で星屑が舞ったことに、誰も気づいていなかった。

◯

北の大地には迷いの森が存在している。

瘴気に覆われ、入った者を出られなくする魔法の一種がかかっていた。

「……」

一人の男が迷いの森をさまよっていた。

ぼろぼろになった兵士の鎧《よろい》。

腰には乾燥させた獣の肉がぶら下がっている。

男は森を歩いていたが、また同じ場所へ戻ってきてしまい、ため息をついて大木へ寄りかかった。

（部隊からはぐれて一年……ああ……風呂に入りてえなぁ……）

部隊長であった男の精悍な顔は、今は見る影もなく汚れている。

美しい泉を発見して水を確保し、どうにか迷いの森から脱出しようと試みたが、何度挑戦しても元の場所へ戻されてしまう。彼の心をつなぎとめていたのは妻と子ども、そして湯屋をやっている母親の存在だった。

（王都に帰ったら母さんの跡を継いで湯屋をやろう……今思えば親父《おやじ》が死んですぐに……継いどけばよかったな……）

希望と後悔が頭の中を何度も行き来する。

（泉の水も涸《か》れそうだ……こいつがなくなるまでは……あきらめねえぞ）

男は泉のそばに立っている大木から背を離し、腰を上げた。

（噂じゃ迷いの森には脱出できるルートが存在するって話だ……ん？　なんだ？）

暗い森に、キラキラと輝く何かが飛んでくるのが見えた。

魔物かと腰の剣へ手を伸ばすも、それが星屑だとわかって力を抜いた。

（星屑が人形の形になってる……？）

淡く発光している星屑が集まり、小さなヒルネを象っている。

男にはそれが人形に見えた。

星屑の人形は空中にふわふわ浮いたまま、森の中を指さしている。

（……この星屑……聖女さまが聖魔法を使ったときに出てた……）

出陣前に見た聖魔法を思い出し、男の背中が伸びた。

（出口を示してくれてるのか⁉）

男の胸から熱いものがこみ上げてきた。部隊からはぐれて一年。迷いの森の脱出に幾度も挑戦し、すべて失敗している。何度あきらめようと思ったかわからない。

男が一歩前へ足を踏み出すと、星屑人形がふわりと進む。

（星屑を……信じよう……）

男が地面を踏みしめた。

その日、彼は迷いの森から脱出を果たした。

○

ヒルネが湯屋に行った一ヵ月後、一人の兵士が奇跡の生還を果たして王都で大きな噂になる。

やがて兵士の物語は吟遊詩人に語り継がれる逸話となった。

帰還した兵士は湯屋を継ぎ、聖女の加護で大繁盛する。吟遊詩人の歌物語はそんなハッピーエンドで終わるらしい。歌物語には変わり者の聖女が現れるのだが……その聖女は時を経ても老若男女から大人気で、愛される存在だそうだ。

31.

湯屋に行ってからというもの、ヒルネの風呂に入りたい欲求は高まっていた。

聖女の業務を抜け出しては、度々癒やしの湯へ繰り出している。

また、人をダメにする椅子の開発にも余念がなく、素朴な家具屋の娘リーンに「やわらかくて伸び縮みする生地を。中に入っている素材はもっと軽く」などと指示を出していた。さびれていた商店街は浄化されたおかげで客足が戻り、椅子は噂になりつつあった。

さらには寝具店ヴァルハラにも顔を出し、「新作のお試し」と言ってはぐうぐうと昼寝をしている。

ヒルネを捜索するジャンヌ、ワンダはほとんどのパターンを把握していた。

「ヒルネさま。今日という今日はどこにも行かせませんからねっ」

聖魔法で何度も出し抜かれているジャンヌがぷりぷりと怒っていた。

「ジャンヌ、ごめんなさい」

ジャンヌに怒られて、わりと本気で落ち込むヒルネ。

（衝動的に行動してしまう……なぜだろうか……）

謝ったそばからふあっと大きなあくびをして、ジャンヌを見つめた。

「今日も気持ちのいい朝ですね」

「……そうですね」

落ち込んでもすぐに穏やかな顔になるヒルネに対して、ジャンヌは妙な安心感を覚える。

あまり強く言うわけにもいかずに矛を収めて笑顔を作った。

ヒルネがベッドから下り、万歳ポーズを取ると、ジャンヌが手際よく聖女服を着せていく。

「今日の朝ご飯はなんでしょう？」

「パンとスープではないでしょうか？　西教会から聖女さまあてにジュエリーアップルが届いていますよ」

「ジュエリーアップルさん……今年も実をつけたんですね。ジャンヌにも半分あげますから、一緒に食べましょうね」

ヒルネがにこりと笑って言うと、ジャンヌが嬉しそうにうなずいた。

朝の準備をしていると、あわただしい足音が廊下に響いた。

何かあったのかとヒルネがジャンヌと顔を見合わせると、ヒルネの部屋のドアがノックされた。

ジャンヌがドアを開けると、女性司祭が一礼した。

「聖女ヒルネさま、急いで礼拝堂にお越しください。由々しき事態でございます。本日の業務はすべて中止でございます」

「かしこまりました」

ヒルネが答えると、女性司祭が深々とお辞儀をしてドアを閉めた。どうやら隣の聖女も呼びに行くらしい。

「何かあったんでしょうか？」

ジャンヌが不安げな顔をする。

（本教会の人があんなに狼狽《ろうばい》するとか……とにかく急いでみよう）

ふあああっ、とあくびをしてから、ヒルネがうなずいた。

「早く行きましょう」

「わかりました」

ジャンヌが急いでヒルネの髪の毛を整えると、二人は礼拝堂へと向かった。

◯

礼拝堂にはメフィスト星教の重役が集まっていた。

教皇、大司教ゼキュートス、大司教ザパン、司教十名、その他幹部が多数。

そして現在王都で活動している聖女十二名も招集された。その中にはヒルネとホリーのあとに聖女へ昇格した、西教会出身の聖女も二人いる。

ヒルネは教育係ワンダと話しているホリーを見つけて輪に加わった。ジャンヌは何も言わずに後ろに控える。

「ワンダさま、何かあったのですか？」

ヒルネが聞くと、背の高いワンダが瞳をやわらかくした。

「これから大司教さまからお話があります。それまで静かにしていなさい」

「わかりました」

しばらくして、聖女見習いの少女たちも本教会に集まった。

全員が揃った姿を見届けると、大司教ゼキュートスが額の中ほどまで走るしわを一層深くさせ、口を開いた。

「皆、集まってくれたことに感謝する。落ち着いて聞いてほしい。今宵、王都に皆既月食が現れる」

その一言で、ほぼ全員が息を飲んだ。

よくわかっていないのはヒルネぐらいだ。

（皆既月食、めずらしいね）

ただ、異世界エヴァーソフィアの皆既月食は地球と違うらしい。

話を聞いてヒルネは腰が抜けそうになった。

「南方の瘴気が一ヵ所に集まって黒い柱になる姿を見た者がいる。天文部によれば、月にかげりが見えるそうだ。今宵、皆既月食が必ず起こり――大量の瘴気が王都を襲う」

さすがは神に仕える者たちだ。誰一人として声を上げたりはしない。

張り詰めた緊張感が礼拝堂に流れた。

(皆既月食で瘴気が王都を襲う？　どういうこと？)

「王国には東西南北の門に兵士を詰めてもらい、我々は王都結界魔法の準備を行う。聖女、聖女見習い、聖職者、すべてで力を合わせ、この難局を乗り越える。結界の儀についてはザパン殿を責任者とし、その他実務は私が責任者となる。よいな」

ゼキュートスの言葉を聞いた全員が聖印を切った。

この場合、教皇が陣頭指揮を執るべきであるが、かなりのご高齢であるためゼキュートスが指揮に当たっていた。

早速、礼拝堂内が動き始めた。

皆既月食はここ百年で、一度も起こっていない凶事である。

誰しもが初体験であり、ゼキュートス、ザパン、その他幹部から指示が飛ぶ。

「聖女と見習いはこちらへ――」

元聖女であり、数々の瘴気を浄化してきたワンダが聖女のまとめ役となった。

ワンダの号令で、少女たちが女神像の前へ集まる。

ヒルネ、ホリーも集まり、ジャンヌは先輩メイドに呼ばれて本教会の奥へ駆けていった。どこも人手が足りないらしい。

　ワンダは落ち着いた口調で話し始めた。

「授業ですでに習っているかと思いますが、おさらいです。皆既月食は瘴気が集まって起こります。浄化の力を増幅する月を隠すことにより、瘴気が増え、不幸を撒《ま》き散《ち》らそうとするのです。人が多く集まる場所で起こる現象です。ここまでは大丈夫ですね？」

　はい、と少女たちが返事をした。

　約一名、ぼんやりと口を開けている。

（月が瘴気で隠れて、さらに瘴気が増える。そういうことか……恐ろしいね）

「瘴気を防ぐため、本教会を中心とした結界魔法陣を起動させます。それには聖女の力が必須です」

　ワンダが言うと、純白の聖女服を着た聖女たちがこくりとうなずいた。

　ヒルネもワンテンポ遅れてうなずいた。

「現在、南方浄化のために多くの聖女が王都から出払っておりますが……私たちの力で、一晩結界を維持する必要があります。王都の民を守るのは私たちの役割です」

「はい」

（素敵なみんなを守らなきゃ）

　ヒルネが一人だけ返事をすると、他の聖女、見習いたちも大きな声で返事をした。

　ワンダがそれを聞いて笑顔になる。

「あなたたちに不可能はありません。女神さまのご加護があるからです。結界の隙間から入り込んだ瘴気は兵士さまが倒してくださいます。ですから、私たちは私たちにできることをすればいいのですよ」

ワンダの言葉に少女たちは力強くうなずいて、仲間の顔を見て、うなずき合った。

ヒルネもホリーと視線を交わす。

「祈禱《きとう》は夕方の五時に開始です。それまでは自室で眠りなさい」

「寝てもいい。なんて素敵な言葉でしょう」

ヒルネがのんびりした口調で言うと、周囲から小さな笑いが漏れた。

緊張が少しやわらいだ。

「こら、こんなときまで……ですが、そうね。ヒルネを見習って、夕方までよく寝ておきなさい。今日は徹夜になるわ。食堂に行けばいつでもご飯を食べられるからね」

ワンダが言うと、少女たちが顔を見合わせた。

「では、聖女は自由時間。見習いは私と一緒に来なさい」

ワンダの話が終わり、各自が行動を開始した。

「ヒルネ……あなたちゃんと起きれる？」

ホリーがヒルネの袖を引いた。

大きな吊り目が不安で揺れている。

ジャンヌが必ず起こしてくれるので、この質問はホリーの不安の表れだった。

皆既月食は絵本でも恐ろしい現象として国民に知られている。

「ホリー、お願いがあります。一緒に寝てくれませんか？　二人で寝れば寝坊もないと思うので」

ヒルネが笑顔で言うと、ホリーがぱあっと笑みを浮かべ、すぐに恥ずかしくなったのか、おほんと咳払いをした。

「そうね。うん、それがいいでしょう。緊急だから仕方ないでしょうね」

「一緒に寝ましょうね、ホリー」

（ぬくぬくだよ。ホリーありがとう）

ヒルネはマイペースに喜んでいる。

彼女と手をつないで自室へ戻ると、ジャンヌがヒルネの部屋からちょうど出てきたところだった。

二人に気づいたジャンヌが「あっ」と跳び上がって、すごいことが起きました、と言いながら走ってきた。

「どうしたんです、ジャンヌ」

「ヒルネさま、大変です！　大変なことが起きました！」

「落ち着いてね」

「はい」

ふう、ふう、と呼吸を整えてジャンヌが顔を上げた。

「寝具店ヴァルハラのトーマスさまが、な、なんとですね、ヒルネちゃんは今夜は徹夜だろうからと、金品でなく恐縮ですがと言付けを残されて、お布団を——お布団を寄付すると——先ほどピヨリィの羽根で作られた掛け布団を持ってきてくださいました！」

その言葉を聞き、ヒルネは眠たげな碧眼を大きく見開いた。

32.

お布団を寄付――

その甘美なる言葉にヒルネは思わず両手を挙げた。

「やりました。苦節二年半、ついにお布団の寄付をいただきました――！」

「ヒルネさま、やりましたね！」

ヒルネから常々、掛け布団の寄付はないか、敷布団の寄付はないかと聞かれていたジャンヌも喜びで諸手《もろて》を挙げた。

「ばんざーい」

「ばんざーい」

部屋の前で抱き合うジャンヌとヒルネ。

金髪と黒髪ポニーテールが交差する様を横から見ていたホリーが、やれやれと肩をすくめて呆れた声を上げた。

「あのねえ……こんなときに何喜んでるの？　恥ずかしいから部屋でやりなさい、部屋で」

ホリーがびしびしとドアを指さす。

それを見たヒルネとジャンヌが姿勢を正して、すみません、と部屋に入った。

（いけない。お布団の寄付は嬉しいけど、今は緊急事態だった）

ジャンヌがドアを開けてくれ、部屋に入ると、ヒルネのベッドには羽毛布団が置かれていた。

大きな感動が押し寄せてくる。

羽毛布団は前世のものと比べると薄くて中身もあまり入っていない。

改良の余地はまだありそうだったが、今までの薄い掛け布団を思うと喜びはひとしおだ。

「ヒルネさま、まだ入ってはいけませんよ」

ジャンヌに手を握られ、ヒルネの自動で進もうとしていた足が止まった。

「いけません。勝手に足が動いていました」

「寝巻きに着替えてからにしましょうね」

「私も部屋から寝巻きを持ってくるわ」

ホリーが部屋から出ていった。

その間に聖女服をジャンヌに脱がされ、着慣れたワンピースを着ていると、ホリーが自分の寝巻きを持って入ってきた。

「ここで着替えていいかしら？」

「もちろんです。はい、ヒルネさま、終わりですよ。ではホリーさま、こちらに」

「ありがとう」

ホリーが寝巻きを椅子にかけてジャンヌの前に立つと、着替え終わったヒルネがベッドに入ろうとした。

　するとジャンヌが肩越しに声を上げた。

「ヒルネさま、まだですよ。朝ご飯も食べていないですし、そのあとの歯磨きもあります」

「いいではないですか。ちょっと布団に入るだけです。ね？」

「ダーメーでーす。ヒルネさま入ったらすぐ寝ちゃうじゃないですか。寝てるときに歯磨きするのって難しいんですよ」

　ジャンヌは寝てる最中に人の歯磨きをするという高等テクニックを今までしていたらしい。起こさず、不快にさせずに歯磨きをするのは難しい。

「あなたジャンヌに何させてるのよ……」

　ホリーが万歳ポーズのまま呆れている。

　そう言っているあいだにもジャンヌの手は止まらず、ホリーの聖女服が脱がされていく。

「食べると眠くなってしまいます。これすなわち人間の心理です」

　ヒルネが眠たげな碧眼を光らせた。

　ゴーサインが出たらすぐに布団へ入るつもりか、ベッドの縁ギリギリに陣取っている。

「あなたといるとホント気が抜けるわよね。緊張がなくなってきたわ――ありがとう」

　ホリーが寝巻き用のワンピースをジャンヌにかぶせてもらい、形を整えられ、礼を言った。

「ではヒルネさま、ホリーさま、私は朝食をこちらに持って参ります。それまでは寝ないようにしてください」

「ジャンヌ、ちょっとだけ布団に――」

「あとでお腹が空いたら大変ですよ、ヒルネさま。ごちそうの夢を見るかもしれません」

「それは困りました。以前にごちそうをいっぱい食べる夢を見て、起きたとき胸焼けがしたんです」

「そういうわけなのでまだベッドには入らないでくださいね。では、失礼します」

ジャンヌが一礼して部屋から出ていった。

「夢で胸焼けになるとか聞いたことないわよ」

「睡眠の神秘ですねぇ」

ホリーがうろんげな目線を向けると、ヒルネが眠たそうな目で言った。

○

ジャンヌが戻ってきて三人で朝食を食べ、歯磨きをし、ヒルネとホリーはベッドに入った。

ピヨリィの羽毛布団はふかふかで太陽の匂いがする。

(ピヨリィさん……いつか養殖してあげますからね……)

布団の大量生産を夢見て、ヒルネがピヨリィの牧場を妄想した。

「ではヒルネさま、ホリーさま、私はメイドの仕事がありますので失礼いたします」

ジャンヌはぺらぺら掛け布団と羽毛布団をかぶって幸せそうにしているヒルネと、気恥ずかしそうな顔でこちらを見てくるホリーに目を向けて、微笑んだ。

「何よ。私の何か顔についてる？」

ホリーがジャンヌに言った。

「いえいえ、何もついていませんよ」

ジャンヌが金髪と水色髪の聖女が並んでベッドに入っている光景を見て、思わず手を伸ばし、掛け布団の位置を直した。

「それでは、お時間になったら起こしに参ります。おやすみなさい」

最後にカーテンを閉めて、ジャンヌが出ていった。

ヒルネの部屋が静かになった。

カーテンからは昼前の日差しが薄《う》っすらと漏れている。

「ホリー、寄付していただいたお布団はどうですか？」

ヒルネが宝物を見せるみたいに、碧眼を輝かせて横を向いた。

「気持ちいいわ。軽くてあったかいもの」

「そうですよね。やっぱり羽毛布団は最高ですね」

嬉しそうに羽毛布団へ顔をこすりつけるヒルネ。

そんな無邪気なヒルネを見て、ホリーが眉をわずかに寄せた。

「ねえヒルネ……あなたは怖くないの？」

「その、何がでしょうか？」

「王都にたくさんの瘴気がやってくるのよ？　あなたも瘴気を見たことあるでしょう。側にあるだけで不快になる、あの不浄のかたまりよ」

「とある商店街で見ましたし、ワンダさまに浄化の練習で見せていただいたことはあります」

「じゃあ怖さはわかっているでしょ？　平気なの？」

ホリーの言葉にヒルネはきょとんとした顔を作った。

（ホリーは怖がってるんだね……それもそうか。だってまだ十歳だもんね……）

「平気ですよ。私たちには女神ソフィアさまがついています。それに、頼りになる聖女のお友達もいますし、なんにも不安はありませんよ」

ヒルネの迷いのないキラキラした瞳を見て、ホリーは胸の内側があったかくなって、ちょっと涙が出そうになった。

ホリーはあわててヒルネとは逆側に顔と身体を向けた。

「そう。ならいいけど。別に私は怖がってるわけじゃないの。ただ、ヒルネが怖がってるんじゃないかって心配していただけ」

「はい。いつも心配してくれてありがとうございます、ホリー」

ヒルネが笑うと、ホリーが肩をもじもじ動かした。

言うか言うまいか迷い、ホリーはためらいがちに口を開いた。

「…………いつもありがとね、ヒルネ」

ホリーの小さな言葉に、ヒルネは幸せな気持ちになった。

笑みを浮かべながら、布団の中をちょっと移動する。

「ホリーにくっついてもいいですか？」

「……別にいいけど」

「やりました。聖女抱き枕です」

「人を抱き枕にしないでよ」

ヒルネも横向きになってホリーを背中から抱きしめた。

「あったかいです」

（ホリーって体温高めなのよね。あったかいね）

ヒルネはホリーの背中に顔をくっつけて、そのまま眠ってしまった。

「……もう寝ちゃった……ヒルネったら……」

まだ眠くないなぁ、と寝息を立てているヒルネの体温を感じながら、ホリーは目を閉じた。

しばらくすると、ホリーの口からも可愛らしい寝息が聞こえ始めた。

33.

午後四時になると、ジャンヌがヒルネとホリーを起こした。

ヒルネとホリーの寝顔をずっと見ていたい気もしたが、これからのことがある。ジャンヌは優しく掛け布団を取った。

「……ふあっ。ああ、おはようジャンヌ。もうそんな時間？」

「ホリーさま、おはようございます。礼拝堂では結界魔法陣の準備が整っております。午後五時より聖女さまの祈りを開始するそうです」

「——むにゃ」

約一名、まったく起きる気配のない聖女がいる。

ジャンヌとホリーはヒルネの顔を見てくすりと笑った。

んんん、と大きく伸びをすると、ホリーが吊り目をジャンヌへ向けた。ヒルネと寝てすっきりしたのか、寝覚めがよさそうだ。

「私は部屋に戻って準備をするわ。礼拝堂で会いましょう」

「はい。また後ほど」

ホリーは自分の聖女服を持って部屋から出ていった。

ジャンヌは五分かかってヒルネを起こし、準備をして、ヒルネとともに礼拝堂へと向かった。

○

礼拝堂の長椅子はすべて取り払われており、床には螺旋《らせん》状に巻物が広げられている。その上からは魔石を粉末状にして混ぜた結界専用のインクで、びっしりと聖句が書かれていた。

さらに大理石調の床にも聖句が書かれており、これも巻物に合わせて大きく螺旋を描くように計算されている。

螺旋の中心部にはぽっかりと丸い空間が空いていた。

円の中に入り、聖女が交代で祈りを捧げるようだ。

千人が収容できる礼拝堂には、日常とは違う光景が広がっていた。

(準備が大変そうだよ……礼拝堂全体が魔法陣になってるんだね)

ヒルネは礼拝堂に一歩入り、いつもと違う重々しい空気を感じた。

礼拝堂の四隅では数名のグループになった聖職者が聖句を唱え続けている。

「ヒルネさま。あちらに皆さまがお集まりです」

ジャンヌが小さく言った。

すでに聖女が集まっている。ホリーもいた。

礼拝堂の隅を歩けば魔法陣を踏まずに済むため、二人は静かに壁にそって歩いた。

「ヒルネ、あなたで最後ですよ」

ワンダがやや緊張した面持ちで言った。

「申し訳ありません。お布団が気持ちよくて粘ってしまいました」

「……そうだと思ったわ。みんな、最年少のヒルネはまったく緊張していません。いつもと同じように祈りを捧げるだけですよ」

ワンダとヒルネの顔を見て、聖女の少女たちがうなずいた。

ふわわぁ、とヒルネが大きなあくびをする。

「今、聖女見習いたちが隣の部屋で祈りを捧げてくれており、起動の準備はできています。ご覧なさい。魔法陣に十二個の円がありますね？」

ワンダが魔法陣をぐるりと指さした。

螺旋を描く魔法陣には、人が一人入れる大きさの円が十二個描かれている。

「祈りながら、時計回りに交代で円を移動します。中心部の円にいる聖女が一番魔力を使います。私が判断して合図を送りますから、あなたたちは聖句と祈りを切らさず、移動して祈り、また移動する。それを一晩続けます――」

順番で中心部の大役をつとめる。

そういった流れであった。

中心部以外の聖女は補助役として、祈りに徹する。

（大丈夫かな……眠くなりそうだなぁ……）

ヒルネはこの世界に来て一度も徹夜をしたことがない。居眠りしないか不安だった。

「一番はアシュリー、――二番は――」

ワンダが順番を伝えていく。

「――十一番、ホリー。最後はヒルネ、あなたよ」

考えていたら眠くなってしまい、ヒルネは頭を振って、「はい」と返事をした。

「何周で終わるかはわからないわ。それでも、夜明けまで結界を維持するのです。瘴気が王都に入り込めば、たちまち不幸が撒き散らされます。王都の平和はあなたたち聖女にかかっているのです」

はい、と全員がうなずいた。

ホリーも真剣な表情をしていた。

（エヴァーソフィア……素敵な世界……この世界のために頑張ろう。なるべく寝ないようにしよう……！）

ヒルネは眠たい目をこすって決意を新たにした。

◯

時間が過ぎ、午後五時となった。

ステンドグラスからは夕日の光が礼拝堂にこぼれている。

その光はどこかくすんでいるように見え、皆を不安にさせた。

（いつもと空気が違う……夜になるのがこんなに不気味だなんて……）

ヒルネがステンドグラスを見つめた。

瘴気が出る前兆なのか、普段感じるやわらかい空気にトゲが内包されているかのような、ぎこちないものを感じる。

「……ホリー、何か変です」

「あなたも感じる……？」

ヒルネの右隣の円にいるホリーが、ちらりとヒルネを見た。

「はい。空気がよどんでいます……。ホリー、皆さんを守るため、頑張りましょう」

「もちろんよ。ま、瘴気ぐらい私一人で十分だと思うけどね」

ホリーがニッと笑顔を作ると、ヒルネも笑みを浮かべた。

「それでは結界を起動させます。女神さまへ祈りを捧げなさい」

厳かな口調でワンダが言うと、ヒルネを含め、聖女十二名が一斉に膝をついて手を組んだ。

礼拝堂全体が淡く明滅を始めると、白い星屑がどこからともなく浮かび上がってくる。

やがて半球状の結界が出現し、一気に外へと飛び出していった。

魔法陣の中心部にいるアシュリーという聖女の少女が、少し苦しそうな顔をする。かなりの魔力を使ったらしい。

（結界よ……みんなを守って……！）

ヒルネもこのときばかりは眠いことも忘れ、一心不乱に祈るのであった。

34．

午後五時から展開された結界は、人口数十万を擁《よう》する王都全体を包み込んだ。

半球状の結界は半透明であり、淡い光彩を放っている。

瘴気とぶつかりあった星屑がキラキラと王都に降っていた。

『家から一歩も出るべからず』

そんなお触れが王都中になされ、人で賑わう大通りですら今夜は誰も歩いていない。

「月が見えなくなったよ。大丈夫なのかね？」

とある家のご夫人が言った。

「聖女さまが守ってくださる。俺たちはじっとしてればいいのさ」

旦那である男が窓の外を見ながら、言い聞かせるように言った。

人々は不安な目で窓から空を眺めていた。

結界の向こうに、黒いトゲの集合体が散見された。見るだけで背筋が冷たくなる。本能が瘴気の存在を恐れていた。

男はぶるりと身体を震わせて窓をゆっくり閉めた。

結界からは、淡い光が漏れていた。

○

その頃、本教会では、ワンダと大司教ゼキュートスが礼拝堂の隣室で話し合っていた。

時刻は午後十一時だ。

結界開始から六時間。聖女たちは魔法陣移動の三周目に入っている。

「聖女の様子はどうだ？」

ゼキュートスが少女たちを心配する声色を含ませて言った。

「アシュリー、ホリー、ヒルネの魔力でどうにか結界が維持されている状態です。ゼキュートスさま……最悪の事態も想定されたほうがいいかと存じます」

ワンダが疲れをにじませた表情を浮かべる。

「結界の維持は本来であれば十五名以上が必要です。聖女が不足しているとはいえ、あの子たちにこれ以上の負担をかけるのは……」

「承知した。あの子たちはこの世界の宝であり、未来だ。失うわけにはいかん。もし結界が壊れた場合、おまえが聖女と見習い全員を東の大聖女サンサーラがいるイグズバニへ逃してくれ。我々は夜明けまで瘴気と戦おう」

ゼキュートスが毅然《きぜん》とした態度で言った。

「王都は壊滅的な損害を被る。だが、聖女が生きていれば瘴気を浄化でき、人も生きる——。メフィスト星教は人々の盾となろう」

瘴気は人、物、動物に寄生する厄介な存在だ。

一度増えると次々に増殖する。

「……」

「白馬の馬車を準備しておけ。ワンダ、あの子たちを頼む」

「承知いたしました」

ワンダが一礼するとゼキュートスがうなずき、長身で風を切るようにして部屋から出ていった。

元々が魔物と瘴気狩りのエキスパートであったゼキュートスは武闘派神官である。廊下から人員を集める彼の大音声が響き渡った。彼は聖具でもって、瘴気と戦う準備に向かった。

ワンダは急いで礼拝堂に戻る。

礼拝堂には蠟燭千本に光が灯り、絶え間なく聖句が紡がれている。

魔法陣の中心部では十三歳になる聖女が祈りを捧げていた。その周囲で、十一名の聖女たちが各々の円の中で目を閉じている。ヒルネの頭はぐらぐら動いていたが、どうにか眠らずに頑張っているようであった。

ワンダは再び中心部へ目をやり、息を吐いた。

「……交代したほうがよさそうだわ」

中心部の少女が祈り始めてから五分も経っていない。聖女になりたての彼女には荷が重かった。

「――交代を。皆、静かに次の円へ移動なさい」

ワンダの声に、聖女たちが粛々と移動する。

結界魔法陣は中心部の聖女に負担がかかる。

そして交代する際、効果が弱まる。

今頃、結界の縁で王都を守る兵士たちは、にじみ出た瘴気と戦っているだろう。

「どうしたの？　交代よ」

「……」

中心部の少女が動かない。

「身体に異変が？　落ち着いて深呼吸なさい」

ワンダが心配して声をかけると、少女が円の中で倒れた。顔が真っ青だ。

即座に魔力欠乏症と判断したワンダが聖句を唱えた。

「女神ソフィアと風の精霊たちよ――」

キラキラと星屑が舞う。

浮遊の聖魔法で少女が浮いた。ぐったりしている。ワンダは魔力を込め、倒れた聖女を中心部から自分のもとへと移動させた。

聖女の力は弱まっているが、今のワンダでも子ども一人を浮かすぐらいならできる。

ワンダは星屑が運んできた聖女を両手で抱えた。

少女の額には脂汗が浮いていた。

「ワンダ……さま……申し訳……………せん。魔力が………」

「いい、いいのよ。頑張ったわ。この子付きのメイドはどこ⁉　星雲の間へ運んでちょうだい！」

礼拝堂の隅で控えていたメイドが走ってきて、聖女を抱えて部屋から出ていった。

その後ろ姿を見届け、できるなら自分が代わってあげたいとワンダが唇を噛み締めて、口を開いた。

「一人欠けた状態で、祈禱を続けます」

「――」

すでに中心部に入っていた聖女がこくりとうなずいた。

ワンダはここまで頑張った少女たちを想い、もうやめて逃げましょうと言いたくなったが、必死に祈りを続ける十一名を見てそんなことは言えなかった。とにかく、できる限りサポートし、限界が来たら脱出させる。そう自分に言い聞かせる。

そんな中――唯一、眠気と戦っている余裕のある聖女がいた。

（真ん中の役割は大変だからね……これが終わったら差し入れをしてあげよう）

ヒルネは人をダメにする椅子をぜひあの聖女にあげようと思い、家具屋リーンの顔を思い浮かべた。

（リーンさんもこの王都に住んでる。きっと空を見上げて不安になってる……私たちの結界がなくなったら、みんなの日常がなくなっちゃうんだよね……眠らないように、しっかりしよう……）

ヒルネは眠らないように鼻から大きく息を吐いて、祈り続けた。

○

聖女十一名の状態で時間は過ぎていく。

交代の頻度は時間を追うごとに短くなっていく。

ヒルネが中心部を最長の三十分つとめ、ワンダが大事をとって交代させた。

時計の針は午前三時を回った。

（夜明けまであと一時間半……なんとか眠らずに済んでるけど……）

ヒルネは祈りの姿勢のまま、唇を噛んだ。

痛みで眠気を飛ばす作戦だ。

順番はあっという間に回り、ヒルネの前にいるホリーが中心部へと入った。

(ホリーもかなりつらそうだ……他のみんなも……)

ホリーの前髪が汗で額に貼り付いている。

祈りながら薄目を開けて聖女たちを見ると、皆の顔が苦悶《くもん》にゆがんでいた。

全員、魔力が減ってきてギリギリの状態だ。

そのときだった。

どさり、と背後で倒れる音が響いた。

「アシュリー⁉」

ワンダの声が響く。

声に驚いたのか、礼拝堂に響いていた聖職者たちの聖句が一瞬だけ途切れ、すぐさま再開された。

(アシュリーさん……!)

一番手のアシュリーが倒れた。

彼女は魔力が多く、熟達した聖魔法の使い手だ。

十五名で維持するべき魔法陣を十一名の状態で維持できていたのは、彼女が全体に行き渡る魔力を調整していたところが大きい。バランサーの役割を果たしていた。

その彼女が倒れた。

張り詰めていた糸が、ぷつりと切れた。

「……っ！」

「……もう……ダメです……」

「申し訳……せん……」

ばたばたと魔力の切れた聖女たちが倒れていく。

（みんな！　ああっ、結界が！）

結界魔法陣が不規則に点滅しだした。

キラキラと途切れることなく舞っていた星屑が、一つ、また一つと消えていく。

「結界の祈禱は中止よ！　中止なさい！」

ワンダが急いで倒れた聖女を介抱する。

意識を保っているのは、ついにホリーとヒルネのみになった。

「……くっ……魔力が……でも……」

中心部のホリーが祈りながら歯を食いしばる。

星屑がホリーを励ますように周囲で躍るが、魔法陣の光は急速に失われていった。

「ホリー！　やめなさい！」

「ホリー!?」

ワンダが叫び、ヒルネが立ち上がった。

明らかに魔力がないのに、ホリーがどうにか結界を維持しようと魔力を出し続ける。命にかかわる聖魔法の使い方であった。

「ホリーやめて！　やめなさい！」

ワンダは責任感の強いホリーから目を離していた自分の判断ミスを後悔し、必死の顔で駆け出した。

それと同時に、ヒルネも飛び出していた。

「ヒルネ！　あなた――」

ワンダの声が横から聞こえるが、ヒルネは集中して魔力を練った。

（ホリーを助けないと！）

「ヒ……ルネ……ごめ……」

ホリーがばたりと倒れた。

ヒルネが素早く円の中心部に入り、ホリーへ治癒の聖魔法を使う。ホリーの身体が楽しげな星屑に包まれた。

続けて結界魔法陣へ魔力を投入した。

（ホリーが頑張って維持した結界……絶対に消さないよ……！）

ヒルネの身体から大量の星屑が噴き出し、シャラシャラと音を立てて舞い上がった。

35.

ヒルネはこの世界に来て、初めて全力で聖魔法を使った。

（ホリー、ジャンヌ、ワンダさん、ゼキュートスさん、王都の人たち……みんなを守らないと）

長い金髪が浮き上がり、ヒルネの聖女服が魔力の奔流でひらひらとなびいた。

（女神ソフィアさま、私にお力を……！）

ヒルネが眠たげな瞳を見開くと、消えかけていた魔法陣に煌々《こうこう》と光が灯った。

魔法陣の中央から光が走り、礼拝堂が昼間のごとく明るくなる。

大量の星屑が躍り、飛び跳ね、ヒルネを祝福する賛美歌のように不可思議な音を立ててキラキラと輝く。

気づけば倒れていたホリーが目を覚まし、ヒルネを見上げた。

「……ヒルネ……目が虹色に……」

神々しい輝きを放つヒルネの瞳に吸い込まれてホリーがつぶやいた。

（結界の状態がわかる……かなり穴だらけになってるみたい。よし、魔力を込めて結界の半球を、もう一度コーティングするような感じで……）

自分一人で結界を維持しているため、全体像が手に取るようにわかる。

数十キロ規模の結界を、ヒルネは一人で操作し始めた。

（もっと早く……もっと……もっと……よし、再コーティング完了……。これで穴がなくなって元通りになったね。あとは王都に入り込んだ瘴気をやっつけないと）

結界内部に入り込んだ瘴気がどこにいるのかもわかる。

思い描けばマップ機能のように、場所が把握できた。

（結界を維持しながら——浄化魔法を遠隔で飛ばそう——）

ヒルネの周囲で渦を巻いていた星屑が人形サイズに集合していき、ミニヒルネになった。

銀色と金色でデコボコしているが、たしかにヒルネだとわかる形だ。たまに眠そうにあくびをするところが主と同じであった。

（あくびしてる……）

人のことを言えないくせに、ジト目を向けるヒルネ。

（よし、瘴気を浄化しに行ってきて！）

次々に星屑が集まってミニヒルネに変化し、礼拝堂から飛び出していく。

あまりの光景に礼拝堂にいたワンダや聖職者は、呆然《ぼうぜん》とヒルネの聖魔法を見つめていた。

「……ヒルネ……あなたは……」

ワンダが涙を流して、きらめく星屑たちを見上げている。

大聖女でも真似《まね》できない大魔法だ。

聖職者たちは深く頭を垂れ、聖印を切っている。

(ふんふん、これならちょっと居眠りしても大丈夫かな? って考えたら猛烈に眠くなってきたよ……)

結界を維持して聖魔法を使いながら、ヒルネが「ふあぁぁあぁっ」と特大のあくびを漏らした。

○

時は少しさかのぼり、王都の南門に到着したゼキュートスは部下を引き連れ、瘴気と戦う兵士たちに合流した。

空を見上げれば、結界の光が弱々しく明滅している。

結界の隙間から瘴気があふれ出ていた。

「……長くはもたんな」

ゼキュートスが聖なるメイス——聖水をたっぷり吸い込んだ一メートルの棍棒《こんぼう》を振り上げた。

目の前では瘴気に侵食された黒い馬車が、魔獣のような動きで兵士を襲っていた。

「ふん」

ぐしゃりと馬車が弾け飛んだ。

馬車の色が黒から茶に戻る。

取り憑《つ》いていた瘴気が空中に逃げたので、これもフルスイングで五回打撃した。

バラバラと瘴気が小さなトゲになって空気中に霧散する。

瘴気は聖なる武器で攻撃するしかない。

聖女の浄化がもっとも有効な攻撃方法であるが、彼女たちがいない今、こうして地道に叩き潰すしか方法はないのだ。

「メフィスト星教大司教ゼキュートスだ！　結界は長くはもたん！　ここでなんとしても食い止める！」

聖職者であるゼキュートスたちが現場にやってきたことで、兵士たちは気を引き締めた。

「助太刀感謝する！」

指揮官が叫んだ。

結界が崩れる最悪の展開だ。

それでも、王都を守るため戦わねばならない。

兵士たちは自分の家族、友人、恋人が住むこの王都を守るべく武器を振るう。前線は広く長く構築されており、怒号が飛び交っていた。

「よいかっ、弱気になれば瘴気に取り込まれる！　大切な人の笑顔を思い出せ！」

大司教らしからぬ大声で、ゼキュートスが聖なるメイスを振り回した。

だが、聖職者、兵士たち獅子奮迅《ししふんじん》の働きも虚《むな》しく、瘴気は空からも入り込む。

すべて防ぎ切るのは不可能だった。

時間が経つにつれて、戦線が崩壊し始めた。瘴気に取り込まれる兵士が現れ、混乱が混乱を呼ぶ。最前線はひどい状況だ。

ゼキュートスが聖句を唱えて聖なる加護を兵士たちに与えるが、焼け石に水であった。瘴気の量が尋常ではない。このままでは明け方になって皆既月食が終わったとしても、大量の瘴気が王都を覆うだろう。

「少しでも潰すのだ。我々メフィスト星教は人々の盾となれ！」

ゼキュートスが部下に叫ぶ。

全員、決死の覚悟でうなずいた。

部下たちが聖具を握りしめ、「大切な人の笑顔を――」と口々につぶやく。

――大切な人の笑顔。

ゼキュートスは自然とヒルネの顔を思い浮かべた。

星海のような大きな瞳をくしゃりと細めて笑う顔は、とても愛らしくて、見ているこちらも幸せな気持ちになれる。

思い起こせば、倒れているヒルネを拾ったことが、運命の転換期に思えた。

『――世界は……キラキラ輝いてますね』

彼女の言葉。

ヒルネにしか見えていない世界。

ゼキュートスはヒルネの後見人になってからというもの、自由な彼女の行動を通じて、この世界が思っているよりも彩りにあふれているのだと気づいた。

あのときから、ゼキュートスの見ているエヴァーソフィアは輝きを増した。

「……ヒルネ……もう少し居眠りを許してやったほうがよかったか……」

彼は口角を上げた。

柄にもなく笑っている自分に気づいて、ゼキュートスはおかしくなった。

「この身体が動き続ける限り、瘴気を滅す――」

聖なるメイスを肩に担いで、ゼキュートスが最前線へ疾駆した。

女神ソフィアに身を捧げる者としてここで散るは本望。

死ぬ覚悟で瘴気の集合体へ身を投じ、聖なるメイスを振り上げた。

そのときだった。

「――ッ⁉」

まばゆい光が結界を覆い始め、みるみるうちに修復されていく。

「け、結界が戻っていくぞ！」「聖女さま！」「おおおっ！」「祈りが通じた！」

兵士たちから歓声が上がる。

ゼキュートスは近くの瘴気を叩き潰しながら、空を見上げた。

結界は完璧な状態に戻った。

さらには星屑のかたまりがビュンビュンと飛んできて、瘴気を片っ端から浄化していく。

「人の形をした星屑……？」

星屑の集合体があっふとあくびをしつつ、指先から浄化魔法を放っていた。

そこかしこで光が弾け、閃光《せんこう》が飛び交い、瘴気が消えていく。

「ヒルネ……ヒルネなのか？」

ゼキュートスは腹の底から言いようのない感情が湧き上がり、メイスを持つ手に力を込めた。

「聞け！　聖女ヒルネが浄化の聖魔法を王都中に飛ばしている！　我々の勝利は近い！　力を振り絞れ！」

絶望が希望に変わり、兵士、聖職者たちが咆哮《ほうこう》する。

そんな間も絶え間なく閃光が弾けていた。

星屑のミニヒルネは本体とは違って働き者らしく、飛び回っては指先から浄化魔法を撃っている。

「遠隔操作の聖魔法でこの威力……ヒルネこそ大聖女にふさわしい……！」

ゼキュートスが言う。

すると、あまりやる気のないミニヒルネが、ゼキュートスの周りを飛んで眠たそうにあくびをした。頭をぐらぐらさせて今にも寝そうである。本体とまるで同じ動きであった。

「いや、ふさわしくないかもしれん……」

ゼキュートスは寝そうな星屑ヒルネを優しく胸ポケットへ入れ、静かに苦笑した。

○

一方、礼拝堂では、結界を維持しているヒルネが眠気と戦っていた。

むしろ、九割九分敗北していた。

「――ピヨリィのおふとぉん……」

むにゃむにゃとよだれを垂らし、立っているのもやっとだ。

治癒の聖魔法で復活したホリーと、ワンダに呼ばれたジャンヌが両側でヒルネを支えている。

酔っ払った友人を両脇から支える友人たちの構図そのままであった。大聖女にふさわしいかどうかはコメントを控えておこう。

「逃げる準備をしていたので、呼ばれて驚きました」

まさかこんな状況になっているとは思わず、ジャンヌが眠っているヒルネを見た。

魔法陣の光でちょっとまぶしい。ジャンヌが目を細める。

「この子が王都を救ってくれたのよ。ホント、すごい子よ。寝てるけど」

ホリーが笑いながらやれやれと肩をすくめた。言葉のわりに、ヒルネを離してなるものかと、がっしり腰と肩をつかんでいる。

ヒルネの聖魔法で王都の瘴気はすべて浄化された。

結界はヒルネに任せるとワンダが判断し、魔力の戻った聖女たちが念のため別部屋に控えている。ただ、その必要もなさそうであった。

「そろそろ夜明けですね」

「そうね……朝日がこんなに嬉しいなんて……」

「はい。長い一日でした」

メイドのジャンヌも動きっぱなしの一日だった。

「……」

「……」

二人はステンドグラスからこぼれる朝日に顔を向けた。

光彩が礼拝堂に落ち、女神像に当たって形を変える。

ふと、ジャンヌが声を上げた。

「あっ！　いま、女神さまが笑ったような気がします！」

「え？　本当？」

ホリーが両目を細めて女神像を観察する。

何度かまばたきをした瞬間、ホリーの目にも女神像の口元が緩んだように見えた。

「あ！　本当ね！　ちょっとだけソフィア様が笑った気がするわ！」

「ですよね！」

きっと見間違いだろう。

少女たちはわかっていたが、この幸せな気持ちを逃したくなくて、互いに顔を見合わせて嬉しそうにくすくすと笑い合った。

「……千枚廊下……そうじ……したくない……むにゃ……」

タイミングがいいのか悪いのか、ヒルネが寝言をつぶやいた。少女たちは瞳をぱちくりと瞬かせ、声を上げて笑った。

楽しげな笑い声が礼拝堂に響く。

朝日がステンドグラスからこぼれ落ちている。

新しい一日が、エヴァーソフィアで輝こうとしていた。

36.

皆既月食から一ヵ月――

王都では新しい大聖女の誕生を祝う、〝大聖女誕生祭〟が行われ、街は人であふれていた。

遠方の街からも観光客が集まり、今までにない賑わいとなっている。

「新しい大聖女さまの絵姿はこちらぁ！　白黒は店頭にあるだけ！　色付きは予約待ちだよ！」

皆が新しい大聖女の姿を一目見ようと、美術店に殺到する。

「おおっ！」「なんと美しい」「儚《はかな》げだわ」「世界を憂えた目をしてらっしゃる」

金髪碧眼、女神ソフィアの化身のごとく整った相貌。

まだ十歳であるのに世界を見通すような視線を向けている。眠いわけではない。きっと。

「色付きでくれ！」「予約するよ！」「俺もだ！」「こっちには十枚くれ！」

大聖女ヒルネの絵姿は飛ぶように売れた。

そんな美術店の向かい側の路上では、王都を救ったヒルネの活躍が吟遊詩人の甘い声によって紡がれている。瘴気から街を守る兵士たち、メフィスト星教の聖職者、聖女たち、結界を一人で維持したヒルネの親友であるホリーの活躍、それを助けるヒルネ……そしてヒルネの聖魔法が王都中に広がっていき――。

大人も子どもも、冒険譚《たん》に手に汗を握る。

「こうして王都は守られた――♪」

歌が終われば拍手喝采だ。

吟遊詩人がひっくり返した帽子の中へ、銅貨、銀貨が幾度も投げられる。

美術店がここぞとひときわ大きい声で呼ばわった。

「聖女ホリーさまの絵姿も販売しているよ！」

ヒルネはもちろんのこと、ホリーも大人気であった。

王都では笑みが絶えずこぼれている。ヒルネが望んでいた皆の幸せがあふれていた。

そんな中、あまりの忙しさに休憩すら取れない店があった。

「大聖女に寄付した布団をくれ！」「ピヨリィの布団よ！」「俺っちが買う！」「ヒルネさまがここに来ていたってのは本当かい⁉」「ついでに枕もちょうだい」

寝具店ヴァルハラであった。

どこから情報が漏れたのか、店主トーマスがヒルネに布団を寄付したことが知れ、それをヒルネが気に入ってるとの噂が流れた。そこからは怒濤《どとう》の勢いだ。

「順番に受け付けます！　お並びください！」

イケオジ風店主トーマスが疲れた身体に鞭《むち》打《う》って叫んだ。

これもヒルネのおかげ。そう思って布団を売りさばいていく。

こちらも大人気につき受注生産、三ヵ月待ちとなった。気難しいピヨリィの羽根を使っていることもあり、大量生産とは現状いかないみたいだ。

場所は移り、とある商店街。

さびれてカンコ鳥が鳴いていた商店街には、人の流れが戻っていた。そんな商店街の一角、どこにでもありそうな家具屋には行列ができていた。

『人をダメにする椅子――通称〝ヒルネ椅子〟――販売中』

聖女印の人をダメにする椅子にも顧客が付き始めていた。

こちらは金銭に余裕のある玄人の間で噂になっており、静かなブームが起きている。

並んでいる人々は、どこかそわそわしていた。

「次の方どうぞ」

家具屋の娘リーンがよく通る声で呼んだ。

今は父と二人でヒルネ椅子の作製に勤《いそ》しんでいる。

店に入ってきた壮年の男が店内を見回し、ぼそりとつぶやいた。

「ここに人をダメにする椅子があると聞いた――しかも大聖女さまが愛用しているという……本当か？」

「もちろん本当です」

「どんな見た目なんだ？」

「こちらが見本です」

リーンが展示見本を紹介すると、男が唸り声を上げた。

「これは……スライムのようではないか」

やわらかそうな見た目の生地で覆われた球状のものが置かれている。

パッと見、大きくてだらしない球にしか見えない。

「はい、そうなんです。後ろの方もお待ちなので、買うか買わないか座ってからキメてくださいね」

リーンが笑顔で言った。

決めるの言い方が少々おかしい気がする。

男がおもむろにうなずいて、ヒルネ椅子に腰を下ろした。

「おお……おうふ……」

シャリリと音がなって、男の身体がヒルネ椅子に包まれた。男は独特な座り心地のよさに恍惚の表情を作った。

リーンが素早く男の身体のサイズを測ってノートに記し、金額を伝えた。

こくこくと男がうなずく。

どうやらキマったらしい。

リーンの家具屋も受注生産となっており、お届けは未定だ。

前金をもらったリーンはほくほく顔で男を送り出し、待っている次の客を呼んだ。

○

大いに盛り上がっている王都、その中心部。

メフィスト星教本教会では、金髪碧眼の大聖女が弱音を吐いていた。

「眠い。眠いです。もうムリですぅ」

聖女服をさらに洗練させた大聖女の衣に身を包んだヒルネが目をこすった。

「……ふあぁぁぁぁあっ……ほぅん……」

「ヒルネさま、もう少し小さいあくびでお願いします。あと眠すぎて変なあくびになってます」

ジャンヌがあわててヒルネの顔を隠した。

「大聖女になっても眠気は減りませんねぇ……ふあっ」

本日付けで晴れて大聖女となったヒルネは、儀式の真っ最中であった。

朝五時に起きてから休憩なし。

午後二時になってようやく休憩時間だと思いきや、休憩はわずか十分だった。大聖女生誕祭はとにかくやることが多く、順序を守らなければならない。何度か聖魔法居眠りの裏技を発動させたが、それでもヒルネは眠かった。

「もう少しの辛抱よ。頑張りなさい」

様子を見に来たホリーが言った。

「広場で女神さまと交信とは……うまくいくのでしょうか？」

「ヒルネなら大丈夫よ。あなたが女神さまに拒否されるはずないもの。というか、今までで誰一人大聖女になることに失敗した聖女はいないわ」

聖女から大聖女に昇格するには、多くの人々が「この聖女は大聖女だ」と思っていることが重要だ。そういった承認する気持ちというのは、勝手に人々の心に湧き上がってくる感情のようだ。

現在、エヴァーソフィアには三人の大聖女が存在しているが、どの大聖女も不思議と「そろそろ彼女を大聖女にしよう」と皆が言い出したことがきっかけだ。

メフィスト星教ではこの現象を、女神ソフィアの福音、と呼んでいる。

すべては女神ソフィアのお導き、というわけだ。

「広場に描かれた魔法陣で祈り、女神さまのお返事を待つってことですね？　それが終われば寝れるんですね？」

ヒルネが横にいるジャンヌとホリーに念押しした。

「昨日早く寝たくせにまだ眠いの？」

ホリーはやれやれとため息をつく。

その隣で、ジャンヌが夢見心地といった顔で天井を見上げた。ポニーテールが揺れる。

「ああ……とっても楽しみです……大聖女サンサーラさまのときは曇り空が一瞬で晴天に変わったそうです。ヒルネさまのときは何が起こるのか……」

「ピカピカと光って終わりですよ。そうに決まってます。女神さまもきっと眠いでしょう」

女神さまも眠いと断定するヒルネ。

神は眠くなったりしないと思うが、どうなのだろうか。

「大聖女ヒルネさま、お時間でございます」

休憩所に使っていた部屋に司祭の女性が入ってきて、厳かに一礼した。

「それでは行くとしましょう。お昼寝のために」

「違うから」

「楽しみですねっ」

ビシリと肩を叩くホリーと、その横でまぶしい笑顔を作るジャンヌ。

ヒルネは目をぎゅっとつぶって眠気を追い出し、大聖女の衣を揺らして歩き出した。

37.

ヒルネは皆既月食の一週間後に、「大聖女への昇格儀式を行う」とゼキュートスから言われ、喜びのあまり小踊りした。

目指していた大聖女。

大聖女になれば自分の教会がもらえる。

教会をもらったら、ふかふかのお布団、人をダメにする椅子、床暖房魔法陣など、自分専用に改造しまくる算段であった。

ふと、ここまで来て気になることがあった。

（うーん……大聖女を目指していたけど、私がなってもいいのかな？　こっちの世界に来てから寝てただけな気がするよ）

大聖女の衣を揺らし、白いハイソックスを穿いた足を前へ出して、ヒルネは王都の広場へと進む。

ちなみに大聖女の服は白を基調とした身体のラインが出る特殊なサープリス。下はスカートに似た女性用キャソックで、丈がかなり短い。魔法糸を聖杯に入れ、五十年経ってなお劣化していない糸のみをスカート部分に使用している。一着織るのに相当な手間と労力と時間がかかるため、丈が短いのは物資的な事情であった。足を保護するため、太ももまである白いハイソックスを穿いている。

すべてにオーロラローズを模したレースの刺繍が入っていて、金と銀の刺繍も編み込まれている。以前まで着ていた聖女服が、より豪華になった。

（足がスースーするね。自分で言うのもなんだけど、すんごい似合ってたからいいけど）

金髪碧眼のヒルネに似合う大聖女服である。

（ただなぁ……中身がねぇ……？）

見た目こそ大聖女らしいが中身がアカン。ヒルネはそう思っている。

実際のところ、ヒルネの行動はメフィスト星教始まって以来の常識はずればかりであったし、それが原因で何度も叱られて千枚廊下掃除の罰を受けている。

しかし、それを補って余りある神秘性がヒルネにはあった。

聖職者の誰しもがヒルネのことを大聖女として心から認めている。

女神ソフィアの福音がもたらされたことが、ヒルネの評価が高い何よりの証拠であった。

「ヒルネさま、いよいよですね」

誇らしげな声でジャンヌが言った。

メイドらしく一歩後ろを歩いている。

「そうですね。大聖女……私が大聖女ですか……」

ヒルネは碧眼を眠たそうに天井へ向けた。

コツコツという自分の足音が聞こえる。ジャンヌは音もなく歩いている。

長い廊下を突き当たりまで歩けば広場だ。何人もの聖職者が出口で待っているのが見える。

「ジャンヌ、今までありがとうございました。わがままで寝てばかりの私を助けてくれて、本当に感謝しています」

ヒルネは立ち止まって、大きな碧眼をジャンヌへ向けた。

「ジャンヌは私にとって大切な友達です。これからも、友達でいてくれますか？」

ヒルネに見つめられたジャンヌはぴたりと立ち止まり、勢いよく何度もうなずいた。

「はい――ヒルネさま。私はヒルネさま付きのメイドになれて心からよかったと思っています。ヒルネさまと出逢えたことを、毎日女神さまに感謝申し上げているんですよ？」

「まあ、そんなにですか。それでは私も今日から女神さまにジャンヌとの出逢いを感謝しないといけませんね」

可愛らしく微笑んでいるジャンヌを見て、ヒルネはにこりと笑みを返した。

ジャンヌはヒルネの碧眼がくしゃりと細くなったのを見て、身体が熱くなった。

「ヒルネさま、あの、ありがとうを言わなければいけないのは私のほうです。私はヒルネさまがいたからここまで頑張ることができました。いつもお布団で一緒に寝てくださるのも、嬉しいです。これからもお友達でいてください」

ジャンヌが深く一礼した。ポニーテールが肩からこぼれた。

「ジャンヌ……ありがとう……」

「ヒルネさま……」

ヒルネとジャンヌは抱き合って、お互いの体温を感じた。

細い身体が一つになると不思議な安心感が身を包む。

いつも一緒にいる大事な友人である二人は、家族よりも時を長く過ごしている。家族以上の絆《きずな》が二人の間にはできていた。

「ありがとう。では、行きましょう」

「はい」

ヒルネがジャンヌから離れた。

「女神さまにしっかり認められて、大聖女にならないといけませんね」

「過去に失敗した人はいないと聞いています。ヒルネさまなら大丈夫ですよ」

「そうですね」

ヒルネはジャンヌの優しい言葉にうなずいて、廊下を歩き、広場へと足を踏み入れた。

◯

ヒルネが広場へ入ると、わっと大歓声が上がった。

王都の広場には大聖女ヒルネを一目見ようと無数の人が集まっている。

(うわ、すごい人だよ。大聖女すごっ)

ヒルネは尻込みしたが、人前に出るのはこの二年半でだいぶ慣れた。

軽く深呼吸して、赤絨毯《あかじゅうたん》の上を厳かに進んだ。

カラーン、カラーンと王都の大鐘が鳴り、百人の聖歌隊が聖歌を歌い始めた。

独特な韻律でどこか牧歌的な曲だ。

しんと広場が静かになって、聖歌隊の歌声だけが響く。

(これは……眠くなるなぁ……)

歌が心地よくて、ヒルネはあくびを漏らしそうになり、口をむにむにと動かしてどうにか耐える。あぶなかった。

(ええっと、広場の魔法陣の真ん中に立って、大聖女の聖句を唱えるんだよね……)

とろんとした瞳で魔法陣を見つめ、ゆっくり進んでいく。

晴天には白い鳥が飛び、ヒルネの大聖女昇格を後押しするように美しい声で鳴いていた。

（白い鳥……あっ、家の窓にも人がたくさん……みんな楽しそう……）

広場の周囲にある家々の窓から国民が顔を出しており、幸せそうな表情で広場を見ている。恋人たちは寄り添い、家族は子どもを抱きかかえ、大人たちは真摯な目でヒルネを見つめている。純白の衣を着たヒルネは、誰から見ても聖書から飛び出してきたような、心優しい大聖女に見えた。

「……ふぁっ……」

気を抜いたヒルネが歩きながらあくびをして、目をぱちぱちと開閉する。

（あっ……あくびしちゃった）

見ていた全員から、微笑ましいものを見る笑みがこぼれた。

完璧に見える大聖女が居眠り姫だと皆が知っている。国民たちはヒルネがおねむさんである事実を知っていることが妙に嬉しくて、隣にいる人と「今の見た？」「あくびだよ」と楽しげに囁き合った。

一方、メフィスト星教の席に座っているワンダは眉をぴくりと動かし、ホリーは苦笑いだ。大司教ゼキュートスは何か大切なものを見るような顔つきになった。

（よし、真ん中についたよ。ちょっと深呼吸して……）

すぅはぁと息を吸って吐いて、ヒルネは大きく口を開いた。

「――世界に光が満ちる時――湖畔に落ちた星屑が輝き日が出《い》ずる――」

眠気をこらえる独特な節回しで、ヒルネが聖句を唱え始めた。

聖女ご意見番の貴族をも唸らす朗読力だ。周囲の人々は一気に引き込まれた。

聖歌隊が歌声を小さくしてヒルネの声が際立つように旋律を編む。

五分ほどの聖句が終わる頃には、涙を流す者が多数現れた。

(これで聖句はオーケー……あとは祈りを……)

ヒルネが膝をついて、両手を組んだ。

(この素晴らしき世界に平和と安眠を……みんなに笑顔を……エヴァーソフィアへ連れてきてくださった女神さまに感謝を……)

ヒルネは走馬灯のように日本で生活していた頃の自分を思い出し、エヴァーソフィアへ転生してからの日々を脳裏に駆け巡らせた。

前世では、何かに追われるようにして働いていた自分。

エヴァーソフィアに来て、世界が輝いて見えることに気づいた自分。

日本にいたときは気づいていなかっただけで、世界はいつであっても、どこであっても、輝いていたのかもしれない——そんなことを思う。

(……ありがとう……)

ヒルネは日本で感じた喜びや悲しみ、喪失感、徹夜ばかりして不安定な感情を持っていた自分、この世界に来て感じる優しさや、喜び、安心感、満たされる感情——様々な感覚を思い出して……

目頭が熱くなった。

自分が涙を流していることにしばらく気づかなかった。

祈りを捧げていると、どこからともなく女神ソフィアの声が響いた。

『ヒルネ、よく頑張りましたね』

「女神さま?」

『あなたの人生はまだ続きます――自分らしく生きなさい』

「……居眠りばかりですけど大丈夫でしょうか……?」

『ちょっとくらいの居眠りならみんな許してくれるわ。あなたは前世でたくさん頑張ったもの』

女神ソフィアがハープのような調べで上品に笑う。

「そうですか。それを聞いて安心しました。みんなの優しさに救われています。本当に感謝しているんです」

『その感謝を忘れないようにね……ほら、皆が待っているわ……』

「はい……女神さま……」

女神ソフィアの気配が消えた。

目を開けると、固唾をのんで見守ってくれている人々の顔が見えた。

ヒルネが思わず笑みをこぼすと、魔法陣が光り輝いて星屑がキラキラと跳ねながら噴き出した。

おおっ、と周囲から声が上がる。

さらに空中から大きな光の輪が下りてきてヒルネを取り囲むと、数回点滅してヒルネの身体に入っていき、光の羽になった。

「ヒルネさまが――」

誰かが言うと、ヒルネが星屑を散らしながら浮かび上がっていく。

（みんながよく眠れますように……）

そんな睡眠に関する祈りを捧げた瞬間、とめどなく星屑が噴き上がって空に舞い上がり、王都全体へと飛んでいく。

王城から路地裏まで、ヒルネの出した星屑が、鳥の羽根が落ちるように不規則な動きで降り注ぐ。

その日、誰しもが空を見上げて星屑に触れ、笑顔になった。

こうして世界に四人目の大聖女が誕生した。

エピローグ

大聖女の儀式は無事終了した。

王都は新しい大聖女の誕生に飲めや歌えの大騒ぎで、街から笑い声が途絶えることはなかった。

「やっと終わりました。無事、大聖女になれましたよ」

ヒルネが目をこすって大きなあくびをした。

儀式は一日がかりだった。眠気が全身を包んでいる。

夜空には月が出ており、本教会の大聖女専用部屋にヒルネ、ジャンヌ、ホリー、ワンダ、ゼキュートスが集まっていた。

安心できるメンバーにヒルネの気は完全にゆるんでいた。

（これで私も大聖女！　ふかふかお布団、美味しいもの食べ放題、三食昼寝付きホワイト企業！）

ふわぁぁぁっ、とヒルネが大きく伸びをすると、大司教ゼキュートスがぽんとヒルネの頭に手を置いて、そっと撫でてくれた。

「あ……ゼキュートスさま？」

「よく頑張ったな。ヒルネが倒れているのを見つけてから二年半か。まさかこんなに早く大聖女へ昇格できるとは思いもしなかった」

「ゼキュートスさまのおかげです。ありがとうございます」

ゼキュートスがヒルネの頭から手を離したので、ヒルネが笑顔で一礼した。

「私は何もしていない。女神ソフィアさまのお導きだ」

真面目な顔でゼキュートスが聖印を切る。

「あくびをして大聖女になったのはあなただけよ。でも、あなたらしいわね」

ホリーが大きな吊り目を細めて、面白そうに笑う。

それを見ていたジャンヌがうんうんとうなずいた。

「こんなに危なっかしい子は放っておけないわね」

ワンダが背筋を伸ばして、ヒルネへ視線を向け、ゼキュートスへと滑らせた。

ゼキュートスがおもむろにうなずく。

「ヒルネに話しておくことがある。ジャンヌ、ホリーも聞くように。ヒルネ、世界に大聖女が三人いるのは知っているな？」

「はい、知っています」

「大聖女は東、西、北の三方の都市で瘴気を食い止める役割を担っている。この世界を守るためだ」

ゼキュートスが心配そうな目を一瞬だけ作り、すぐに無骨な表情へと変化させた。

「ヒルネには……南方地域へ行ってもらう運びとなった。ヒルネ専用の大教会を建て、過疎化してしまった南の土地を浄化してもらう。十歳であるヒルネにはつらく険しい道のりになるであろうが、おまえならできると信じている」

「行きますっ。自分の教会作ります」

かぶせぎみにヒルネが答えた。

ゼキュートスは「そうか」と眉間のしわを深くして、重々しく首を縦に振った。

「ジャンヌとホリーはヒルネとともに南方へ行き、ヒルネを補佐してほしい。できるか?」

言われたホリーがピンと背を伸ばした。

「もちろんです。女神ソフィアさまの名において、精一杯頑張ります」

「私も、ヒルネさまをお助けいたします」

ジャンヌも肯定した。

ゼキュートス、ワンダが二人の言葉に安心したのか目配せをした。

先に口を開いたのはゼキュートスだ。

「ワンダには引き続きヒルネ、ホリーの教育係になってもらう。十歳のおまえたちにはまだ知らないことがたくさんあるからな。わからないことはワンダがすべて教える。そのつもりでいなさい」

「これからも厳しくいきますからね。ヒルネ、よろしいですか？」

ワンダの優しくも厳しい視線を受け、ヒルネはあくびを噛み殺した。

「――はい。ワンダさま、よろしくお願いいたします」

「よい返事です。ホリーも、いいですね？」

「はい。ワンダさまが一緒なら心強いです」

ホリーが嬉しそうに首を振った。

二人にとってワンダは教育者であり、母親代わりでもあり、年の離れた姉のようでもあり、誰にも代え難《がた》い存在であった。

「それからもう一つ。ヒルネが南方地区を浄化する大聖女になるとの噂が広がっていてな……」

初めてゼキュートスが言葉尻を濁らせた。

「ヒルネとかかわった寝具店ヴァルハラのトーマス殿、串焼き屋台の店主殿、ピピィのパン屋店主ピピィ殿、家具屋のリーン殿が――ぜひ一緒に南方へ行きたいと仰っている。報告によればその他の店も手を挙げているそうだ。ヒルネがいるなら南方の開拓は進むだろうとのことで、皆が支店を出したいと考えているらしい」

（皆さんが……！）

ヒルネは過疎化が進んでいるという南方に不安を感じていたので、その申し出に未来が開けたような心持ちになった。

「貴族からはボン・ヘーゼル伯爵殿が立候補されておいでだ。伯爵殿が経営する建築商の支店進出が決まっている。ヒルネよ、これは我々にとっても、おまえにとっても追い風だ。南方はまだまだ女神信仰が不足している。これを機にメフィスト星教は本腰を入れて南方開拓へ乗り出したいと思う」

現実主義のゼキュートスらしい言葉だった。

(色んな人が私と一緒に南方へ行ってくれるの?)

段々と事が重大になってきてヒルネは気が遠くなってきた。あと、眠くなってきた。

「……ふあっ……素晴らしいことですねぇああっふ……ふぁあわっ……」

「こら、あくびをしながら話すんじゃありません」

ワンダがヒルネをたしなめる。

「すみません、一日中儀式で眠くって……あっふ」

今日は朝早くから活動している。そろそろ限界だった。

ジャンヌが一歩前へ出て、眉尻を下げた。

「恐れ入ります……このご様子ですとヒルネさまはすでに活動限界を超えております。早くベッドにお連れしないと明日の業務に差し障るかと存じます」

ジャンヌがスカートに両手を置いて、一礼した。

薄々察していたゼキュートスとワンダがそれもそうだとうなずいた。

「では、また明日、詳しく話そう。今日は三人で眠りなさい」

ゼキュートスがジャンヌとホリー、頭をぐわんぐわん揺らしているヒルネを見た。

「聖女二人が同じベッドで寝るのは規則違反ですが……ゼキュートスさまの許可が出ました。今日は特別に許しましょう」

　ワンダが笑みを作って三人を見る。

「それではな」

「おやすみなさい。女神ソフィアのご加護があらんことを」

　ゼキュートス、ワンダが部屋から出ていった。

「……ベッドぉ……おふとぉん……」

　ヒルネがジャンヌに寄りかかった。

「はいはい。ヒルネさま、ベッドで寝ましょうね」

「……むにゃ」

「やだ、もう寝ちゃったの？」

「そうみたいです」

　ホリーとジャンヌがヒルネの寝顔を見て、つい笑顔になった。

　二人は協力してヒルネをベッドへ寝かせ、寝る準備を整えると、ヒルネを挟んで川の字になった。ピヨリィの羽毛布団が気持ちいい。ジャンヌとホリーはもぞもぞと身体を動かして一番しっくりくる位置に移動し、ヒルネの手を握った。

「……自分の教会は……さいこぉですねぇ……」

　手を握ると、ヒルネの口から言葉がもれた。

おかしな寝言にホリーがくすりと笑う。

「どんな夢を見てるのかしらね？」

ホリーはピヨリィの布団を首まで上げて、ジャンヌをちらりと見た。

「きっと楽しい夢ですよ」

ジャンヌが優しい目でホリーとヒルネを見つめる。

「ふふっ……きっとそうね」

「はい……きっと……そうです……」

二人も一日中動いていた。眠気が一気に押し寄せる。

「……むにゃ」

「……すぅ……すぅ……」

「……んん……」

いつしか部屋には可愛らしい三人の寝息が響いていた。

（……自分の教会……全室冷暖房完備、人をダメにする椅子設置……三食昼寝付き週休四日……残業なしのホワイト企業……）

ヒルネはまだ見ぬ未来を夢見て、すやすやと眠るのであった。

Kラノベブックス

転《てん》生《せい》大《だい》聖《せい》女《じょ》の異《い》世《せ》界《かい》のんびり紀《き》行《こう》

四《よつ》葉《ば》夕《ゆう》ト

2021年2月26日第1刷発行

発行者	森田浩章
発行所	株式会社 講談社 〒112-8001　東京都文京区音羽2-12-21
電　話	出版　(03)5395-3715 販売　(03)5395-3608 業務　(03)5395-3603
デザイン	アオキテツヤ（ムシカゴグラフィクス）
本文データ制作	講談社デジタル製作
印刷所	豊国印刷株式会社
製本所	株式会社フォーネット社

落丁本・乱丁本は購入書店名を明記のうえ、小社業務あてにお送りください。送料は小社負担にてお取り替えいたします。なお、この本の内容についてのお問い合わせはラノベ文庫あてにお願いいたします。

ISBN978-4-06-521847-1　N.D.C.913　322p　19cm
定価はカバーに表示してあります

ファンレター、
作品のご感想を
お待ちしています。

あて先
〒112-8001　東京都文京区音羽2-12-21
(株) 講談社　ラノベ文庫編集部 気付
「四葉夕ト先生」係
「キダニエル先生」係

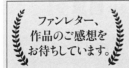